你不快乐的每一天都不是你的

丁立梅 著

人民东方出版传媒
东方出版社
People's Oriental Publishing & Media
The Oriental Press

图书在版编目（CIP）数据

你不快乐的每一天都不是你的 / 丁立梅著 . —北京：东方出版社，2022.4

ISBN 978-7-5207-1778-6

Ⅰ．①你… Ⅱ．①丁… Ⅲ．①书信集－中国－当代 Ⅳ．① I267.5

中国版本图书馆 CIP 数据核字（2021）第 220388 号

你不快乐的每一天都不是你的

（NI BUKUAILE DE MEIYITIAN DOUBUSHI NIDE）

作　　者：丁立梅
策 划 人：王莉莉
责任编辑：王莉莉　贾　方
产品经理：贾　方
整体设计：门乃婷工作室
出　　版：东方出版社
发　　行：人民东方出版传媒有限公司
地　　址：北京市东城区朝阳门内大街 166 号
邮政编码：100010
印　　刷：小森印刷（北京）有限公司
版　　次：2022 年 4 月第 1 版
印　　次：2023 年 6 月第 2 次印刷
印　　数：10001—15000 册
开　　本：680 毫米 × 940 毫米 1/16
印　　张：14.5
字　　数：166 千字
书　　号：ISBN 978-7-5207-1778-6
定　　价：46.00 元

发行电话：（010）85924663　85924644　85924641

世界的模样，取决于你凝视它的目光。

目 录

CONTENTS

CONTENTS

第四辑 沙漠里也有玫瑰开

第五辑 芭蕉年年会绿

第一辑
每天热爱一点点

从一声鸟鸣开始，到花朵的绽放，到天上云彩的飘动，到山川河流的庄严……你慢慢试着去感受。那么，你的心，将一日一日变得柔软。

爱上平庸，并努力开出花来

梅子老师：

　　您好！

　　我是您的读者。在小学时，我们老师介绍了您的书，我一读就喜欢上了，从此，您的书就伴随着我。可以这么说吧，您的书陪伴了我的整个少年时代。

　　我现在已上高二，在一所普通高中，成绩不好也不差。这样的我，很没有存在感，很压抑。

　　我的家庭怎么说呢，很幸福吧。我的父母都是善良的人，他们做着一份普通的工作，却给予我无微不至的关怀，从吃穿到生活，林林总总，方方面面，照顾得极为细致。别人有的，我都有，他们宁愿自己节省，舍不得吃穿。看看我的学习状况，再想想父母为我付出的，我就觉得喘不过气来了。

　　我不想这么平庸下去，我很想创造奇迹，一跃而上，成为一个优秀的学生，让我的父母脸上有光。可我改变不了自己的平庸，我只能暗暗生着自己的气，无所作为。

　　梅子老师，我真的很茫然啊，我害怕着明天，害怕着将来。我的一生，怕是要这么平庸下去，那该怎么办？

　　　　　　　　　　　　　　　　　　　　　　　　您的小读者：颜

颜，你好啊。

读你的信，我读着读着就笑起来了。原谅我哦，我想到了一幅漫画：一个可爱的小兽，不小心掉进一个小坑里。它望着小坑上方的一角天空，不住地垂泪叹息，唉，我这辈子怕是不能爬出这个坑了，我的命怎么这么苦哇！在那个小坑旁边，开满大捧的鲜花。它如果稍加努力，就能跳进那捧鲜花丛中了。然它只顾唉声叹气，而忽略掉自身的力量，和一旁鲜花的明媚。

你看，你像不像那只貌似被小坑困住的小兽啊？可爱、稚气，很想给自己插上一对会飞的翅膀，能在突然间凌空飞起，叫人仰望、惊叹、艳羡，可是，人不是鸟，哪里会飞！你于是失望极了，大大的眼睛里，满是委屈。

我想给你讲另一个孩子的故事。她的青春，可真够难堪的。她家境清贫，貌相平常，没有什么能拿得出手示人的。更让人着恼的是，她成绩也不算突出。对物理学科，尤其惧怕，每次考试，试卷上多的是红叉叉。这样的女孩子，完全是只丑小鸭。青春一节一节在长，可是，却没人在意她。

学校分快慢班，她自然被分到慢班去了。所谓慢班，就是那些考试成绩靠后的，被编排到一个班上。这个班的学生，调皮捣蛋的多，自暴自弃的多，不爱学习的多。俗语里讲，坏木头浮一块儿。对，有人把这个班的学生，称作"坏木头"。老师们都不大待见，课是上着的，私下里，却都有抱怨，对这个班的态度，多半是放任着的。就像放任野地里的草，任它们自生自长。

学校把学生如此划分等级，肯定是不公平的。可成绩靠后，却也是事实。每天，看着快班学生，跟骄傲的白天鹅似的，从慢班门前的走廊上昂首走过，她的心里，可真是自卑得恨不得真的变成一棵草。那个时候，她做梦都想变成快班中的一员啊，想让面朝黄土背朝天的父母脸上，因她，而有着荣光。

然等她每每扬起点斗志来，随即却又泄了气。她想，像她那样平庸的孩子，哪里有资格腾飞！她得过且过着。直到有一天，她在教室后面的墙脚下，发现了一簇蒲公英。那是终年见不到阳光的阴山背后啊，可是，那些蒲公英们，却硬是撑起了一朵朵的黄花，仰面朝天，笑得又自豪又明媚。她掐下一朵黄花，夹进了自己的书里面，暗暗对自己说，我也要做一朵会开花的蒲公英。

她把自卑的时间，用来读书。她把伤神、羡慕别人的时间，用来做习题。她每天比别的孩子起得早，为的是多背几道历史题。她每天比别的孩子睡得晚，为的是多看两行书。她还给自己买了本日记本，每晚临睡前，把一天做的事，一一写在上面。她说，如果是只笨鸟，那么，我选择先飞。每一天，她都没有虚度。每一天，她都在进步中。那期间，她读了很多书，这样的读书经历，后来助她走上了写作之路。

没错，那个孩子，就是曾经的我，是你眼中现在所谓的成功者——梅子老师。她曾有着和你一样"平庸"着的青春，却在平庸里，让自己开出花来。

颜，你说什么是奇迹？我以为，能够战胜自己的懒惰、沮丧、灰暗，能够爱上平庸，关心每一步的成长里，有没有烙下自己的印迹，没有辜负时光，内心活得充实，每天进步一点点，那就是在创造奇迹。这样的奇迹，你也能创造出来。我相信，有一天，终有一天，你会开出属于你的那朵花的。

你的朋友梅子

每天热爱一点点

梅子：

您好！

怎么说呢，我就是一个无趣的人吧。每天睁开眼睛，除了等待夜晚再次降临，我好像没什么要做的了，只机械地重复着日子而已。

梅子，我多么羡慕你的活色生香啊，每天都有那么多有意思的事。真不知你哪里有那么多的热情，来爱着这个庸常的俗世，你真是上帝的宠儿啊。我也想像你一样热爱生活，但始终做不到。

愿您永远活得如此明媚啊。

您的读者：余好

余好，你的一句"梅子，我也想像你一样热爱生活，但始终做不到"，包含着太多信息，让我一时竟不知说什么才好。

我在想象里，画一个你。我想你，该是个女子。出生寻常，样貌亦寻常。从小到大，走的也都是寻常路，不显山，不露水。你不惹人注目，别人也不大入得了你的眼。生活在你的眼里，没有多少特别的东西。你甚至生出厌倦来。有时劳累得很，不是身体，是心；却又不能准确地说出，为什么会心累。

庸常的生活，一日一日蚀去你的好年华。你只重复地机械地，走着相同的路。日升月落，也只让你感觉到时光在流逝罢了，你看不到，岁月的缝隙里，原是暗藏着很多美丽的琐碎。它们，都像沙粒里的金子呢。

是哪一次，你无意中转身回望自己，大吃一惊，这么些年，你竟这么无声无息碌碌地过去了！你不甘！你心底生出渴望，希望发生点儿改变，希望美好能够降临。你开始羡慕别人，包括，羡慕我。你说不知道我哪里有那么多的热情，来爱着这个庸常的俗世。你觉得我应该是上帝的宠儿。

是的，我们在望向别人时，总容易生出这样的想法：他太幸运了，他什么都是一帆风顺的，他是得到命运额外眷顾的。我们就这样，为自己找着妥协和慵懒的理由，随波逐流。

可是，幸福的人真的是因为他本来就拥有很多幸福吗？不，不是这样的。每个人都有着各自的烦和恼。就像我，也未必像你想的那样：生活里每天都是花开簇簇，一派明媚的。我昨天跑步时，还摔了一跤呢，一只膝盖血肉模糊，肿疼得我一夜未曾合眼，我要将养一段时间，可能有一两个月不能外出。然我并未过分懊恼，我想的是，幸好，摔得还不算太重，没有伤着骨头。幸好，没有摔着我的脸。这么一想，我当然很开心啊，我得感谢冥冥中的眷顾呢。我也感谢绊我的是寻常的路基，幸好，它不是一块大石头。

是，我有苦中作乐的本事。因为我知道，抱怨、懊恼和哭泣，是一点儿作用也起不到的，反而会弄得自己心情更糟糕，让自己面目可憎。有时，还会影响到身边人的情绪，使他们的心情，也蒙上一层灰——坏情绪是会传染的，就像病菌一样。你说，这有什么好处呢？除了让生命的质量降低，把快乐和幸福白白浪费掉外，还真是一点儿益处也没有的。

我也有痛，有泪，有不快，但我，绝不会让它们成为我的主宰，我用大把大把的热爱，来抵抗它们。要做到这样的热爱，并非难事，但你却做不到。那是因为，你已丧失了热爱的能力，你热爱的那根神经，在庸常中，麻木了。

余好，恕我直言，这对人生来说，有些可怕。一个人倘若没有了热爱，这就像一截枯木，喑哑在岁月里，还有什么生机可言？幸好，你也发现了这一点。幸好，你还有着热爱的欲望。那么，从现在起，你就尝试着去热爱，可好？一点一点地，慢慢来。

先从爱自己开始。改变一下发型，买几件好衣裳，给自己焕然一新之感。多到人群里去走走，把自己想象成一朵花。买点绿植回家，从小芽芽开始，看它们一点一点抽枝长叶，养养自己的眼，养养自己的心。每天对着镜子，送自己一朵微笑，说一声，我喜欢你。每天花一个小时锻炼身体，慢跑或快走，哪怕就是原地伸伸胳膊踢踢腿也好。总之，要让自己动起来。《吕氏春秋》里有"流水不腐，户枢不蠹"之句，我甚是喜欢。说的是经常运动的事物，不会受到侵蚀。这道理应用在我们身上，同样行得通。你动起来，不但可以使身体康健，它也能使你的生命，散发出勃勃的生机。一个爱运动的人，他总显得神采奕奕。

　　爱自己的同时，也不要漠视身边的事物。从一声鸟鸣开始，到花朵的绽放，到天上云彩的飘动，到山川河流的庄严；从婴儿甜美的笑容，到邻居的问候，到朋友的相见，到老人脸上慈祥的皱纹里……你慢慢试着去感受。那么，你的心，将一日一日变得柔软。

　　余好，就从当下做起吧，不要多，每天只要热爱那么一点点，你热爱的能力，将会慢慢回到你的身上。过些日子，你再看生活，那些细枝末节里，都藏着无限的美和趣味。你会越来越感念这人生，并深深眷恋上。

梅子老师

只管热爱，莫问前程

亲爱的梅子老师：

您好！

我很喜欢您的文字，我买了很多您的书来读，还做了很多的摘抄呢。

我也热爱写作。我现在读初二了，我想发一些习作给您，您给指导一下好吗？

我想成为一个和您一样的作家，您说我能实现这个梦想吗？

您会帮我吗？期待您的回答。

您的读者：小丸子

小丸子，你这封信真是太有代表性了，我每隔几天，就会收到一封这样的来信呢。我常常不知道怎么答复才好。习作你可以挑一篇两篇给我看，也只能这么多了哦。要知道，每天我都会收到一些习作，我还真指导不了，也没有太多时间指导，我毕竟也有很多事要做的是不？这个真抱歉啊，宝贝。

我想跟你聊的是，梦想。梦想是什么呢？对于你这么大的宝贝来说，梦想是挂在云朵上的铃铛，它清脆的叮当声，时时隔着云端传过来，美妙清扬，却又遥远着。

我也曾是你这般年纪，因家境贫寒，我自卑，性格内向，只蜷在自己的小天地里，做着自己的梦。和你一样，我十分热爱阅读，但梦想不是当作家，而是做个摆书摊的人。那样，我就天天有书可看了。

有一次，我们学校请来一个演讲团。演讲团的成员，都是些大学生。讲的什么主题我忘了，反正挺慷慨激昂、热血澎湃的。演讲完了，有个男孩子和女孩子，当场给我们演唱了一首歌，唱的是《外婆的澎湖湾》。那女孩子唱得棒极了，让我们着迷得很。我几乎是在瞬间生出崇拜，我要做这样的女孩子，能站到舞台上演讲、唱歌。

我跑到礼堂的出口处，等着。我看到演讲团的一行人出来，那女孩子也出来了。不是远远看着的那么美，她脸颊上卧着块疤痕。我有点意外，但不妨碍我对她的崇拜。我默默跟着他们走，一直走到他们登上了来时的车为止。

我至今想不明白我的动机是什么。只是觉得，自己的天地被洞开了，世上远不止摆书摊那一桩事值得我心心念念的了，外面的世界，大得很呢，我应该还有更多的梦想、更多的可能！当然，最后正如你现在知道的一样，我没有站上舞台演讲、唱歌，而是走上了写作的路。

嗯，说了这么多，小丸子你是不是被我绕晕了呢？宝贝儿，你热爱阅读，热爱写作，真的是非常棒的爱好。我好希望我们每个人都能像你这般，如此热爱，并且能够持续下去，成为终身的热爱。那么，我们整个的人生，一定会因此变得更为富有、智慧、明亮和清澈。

只是小丸子，我们有时热爱一桩事，最好不要带着目的性，一定要怎么样，或非要怎么样不可。热爱是发自内心的一种行为，是因为你喜欢，是因为这样做你就很快乐。那么，我们就这样热爱着，不是很好么？至于最后的结果是什么，管它呢。或许你会成为作家，或许不会，这都无关紧要了。到时候，说不定你成为科学家，成为工程师，成为设计师，或者，就成了一个普普通通快乐着的人，这又有什么不好呢？

我们要有梦想，这个很重要，没有梦想的人生好苍白的。但，不要纠结于这个梦想的结果。那是时间老人才能回答的问题。你只管顺着你的心意走下去，努力着，忠实于你内心的欢喜。走着走着，你就发现了更大的世界，更大的天空，你或许会相遇到更有意义的事，更值得你为之奋斗终生。又或许，你不改初衷，走着走着，一不小心，就成了作家。

梅子老师

别辜负自己

亲爱的梅子老师：

　　您好！

　　我是一个十六岁的女生，马上要上高中了。可是，随着年龄的增长，我感到越来越迷茫，我不知道自己为什么要学习。母亲从小就告诉我，穷人家的孩子，只有好好学习才能出人头地，才会有一个美好的未来，才会有一个灿烂的人生。

　　可是，我的成绩并没有那么优秀，这让我感到很焦虑。而且我马上要上高中，不久也会迎来高考，我很怕会辜负父母的期望。

　　我真的不知道该怎么做了。我想听听您的建议。

　　祝您永远健康快乐！

您忠实的读者

宝贝，你好。

十六岁，多好的年纪！

我想我的十六岁了。

那个时候，我刚从乡下的初级中学，考到镇上的完中去读书。我穿着我妈纳的土布鞋，我背着我妈缝的花格子书包，被城里同学取笑：乡下泥腿子。

那个时候，我像只慢慢爬行的蜗牛，自卑地把自己封闭在一个里面。我家境贫寒，长相算不得出众，人又算不上聪明，唯一公平的是，我可以和别的孩子一样，坐在教室里读书，我可以和他们一起聆听老师的课，一样地享受阳光、清风和明月。

我爸妈从没给我说过什么人生大道理，他们只是把做农活的农具给我备好：钉耙、锄头和扁担。我的出路写得明明白白，倘使书读不下去，只有回家，回到我那偏僻的乡下，扛起钉耙、锄头和扁担，以后找个人随便嫁了，重复着祖祖辈辈的日子。

这很现实，命运由不得我做出另外的选择。那么，好，我只有埋头好好读书。我信，勤能补拙。当别的同学在睡觉的时候，我在学习；当别的同学逛街的时候，我在学习；当别的同学玩耍的时候，我还在学习。大家的智力其实都差不多，唯一的差距，就是有人肯付出努力，有人不肯罢了。

是的，我很勤奋，这个习惯，从我少年时就养成，一直到今天，都未曾有所改变。它没有使我变得有多杰出，有多了不起，但足以使我变得更美好，使我成为我想成为的人。

宝贝，你说你不知道为什么要学习。答案其实很明朗，就是为了使你成为一个更好的你啊。在我的记忆里，我最感谢的，就是中学那段勤奋的时光，它让我从我的乡下走出来，走到更广阔的天地里来，走到更多更远的地方，阅览了人世间更多的风景。

你说你并没有那么优秀，这让你焦虑。我笑了，怎么来评价这个优秀？是要做年级第一，还是要考上清华北大？普通人难道就不优秀吗？只要积极向上，只要善良友爱，只要不颓废，在我看来，都是优秀的。我只知道，焦虑没有用，着急没有用，哭泣没有用，唯一有用的，就是努力去做。努力了，才能有所改变。也许最终无法达到别人眼中的那个优秀，但是，因为努力，我们会让自己更接近那个更好的自己，不是吗？

写到这里，我想起去年去拉萨，遇到一个从芒康来的小母亲，她带着她的三个女儿，到拉萨读书，最大的女儿上幼儿园，最小的女儿还在吃奶中。我不解，问她，芒康没有学校吗？她告诉我，也有的，但拉萨的教育资源多啊，我想让我的女儿们接受更好一点的教育。她说，有文化多好啊，哪怕是做生意，有文化的人和没文化的人就是不一样。她没文化，但她希望她的女儿们都能做个有文化的人。

宝贝，不要说怕辜负谁谁谁，我们最应该怕的，是辜负自己。为了你自己，好好学习吧。

梅子老师

没有一朵花是沮丧的

亲爱的梅子老师：

您好！

我很喜欢您的文字，还做了一些摘录，从字里行间都能体会到您是一个热爱生活、拥抱美好的人。

我是一个初三的学生，今年即将中考，时光流逝得太匆匆了。

我就是个普通人，没有很大的闪光点，就算有，与他人相比也实在是不值一提。我资质平平，成绩不算好但也不算差。近些日子以来，我越发感觉到自己的无能为力，一次又一次的失败把我给彻底击垮了。我一直觉得我是一个好学生，我可以不突出，但我要求自己不能太差。

自从上了九年级以来，我似乎变得焦虑不安了，我怀疑自己的能力，可能真的不算好，我真的不优秀。我怀念以前的我，失败了还可以再爬起来。

我该怎么办？

小桦

小桦，你好。

给你回信时，我的窗外，飘着好大一场雪，簌簌簌的，如风打落花。这是新春以来的第四场雪了，很出人意料。

我赶紧跑去楼下给两株蜡梅拍照，给三株红梅拍照，也给草地上的草拍照，给还清冷着的紫薇树、合欢树拍照。雪做了一面镜子，映出它们各自美好的样子：蜡梅是闪闪发光的黄宝石；红梅酷似一串串冰糖葫芦；草呢，戴上了白茸茸的帽子，萌萌的；紫薇树和合欢树那些喑哑的枝条，描着白的痕，看上去异常地俊朗——咦，怕是连它们自己也要吓一跳，啊，原来，我也会这么美啊。

就像你，宝贝，你有着青嫩的眉额，有着青嫩的思想和情感，就算你再普通，你也正坐拥着你的黄金岁月啊。路过你的人该怎么惊叹：啊，多青嫩的一个孩子啊。他们多想回到你的青嫩和蓬勃里，你身在其中并不知觉。

普通、没有闪光点、资质平平、一次又一次的失败、不优秀……你这么定义着你自己，我都替你感到委屈了，"她"真的就这么不值一提、不受你欢迎吗？

一个人倘若连自己都不爱自己、不欣赏自己，又岂能活出灿烂和趣味来？是的，普通，我们都是普通的。因为普通，才更接地气，才更具有旺盛的生命力。然每一个生命的存在，又都是唯一的。因为它的唯一性，它又成了不普通的、极其特别的。

我曾种过非洲菊。看上去完全一模一样的种子，撒到土里。不久后，冒出了很多的芽芽，芽芽看上去也是一模一样的，然长着长着，就有了区别，有的长得高一些，有的长得丰满一些，有的长得矮小，有的长得瘦弱。到开花的时候，有的开了白花，有的开了红花，有的开了黄花，有的开了粉花。有的先开，有的后开，有的花朵很丰腴，有的花朵秀气小巧。但没有一朵花看上去是沮丧的，没有一朵花独自在那儿焦虑不安，它们竭尽所能地，为着自己的开放做着努力。哪怕到深秋了，也还有晚开的花儿，兴高采烈地捧出自己的明媚。

宝贝，人生一场，最该相信的，是你自己。每天请对自己说一句，我最棒。你不要去论什么成功，也不要去论什么失败，你只认真地走着自己的路，认真地对待你的每一天，活得欢欢喜喜的，也就无愧于你的人生了。也许有的人跑在了你的前头，但没关系啊，你也一直在走着呢，总能走到终点的。

梅子老师

把心思腾空

梅子老师：

您好呀！

前段时间老师让我们寻找春天，一路上拍了些花花草草，和您分享。

由于繁忙的高中学业，我几乎没有时间和大自然亲密接触，然每天却都会在公众号上浏览您的文章。就快要进入高三了，压力越来越大，如果是您，面对渴望上大学的理想和跌跌撞撞的现实，您会怎么发泄您的压力呢？

期待您的回信！

您的读者：小怡

小怡，你好呀。你拍来的是垂丝海棠、西府海棠和紫荆吧？海棠花是早在先秦时代就有了的，有"国艳"之誉呢。紫荆呢，是南朝时就有了的，花朵很美，像一群着紫衣的小姑娘聚在一起。这世上，就没有一朵花不是美的。谢谢你让我分享了你的春天。

教你一个拍花的小技巧哦，镜头只对准一朵花，心无旁骛，只爱这一朵。

那么，它便也全心全意对你，把最美的一面，呈现给你看。盛开着的，多像一张笑脸啊。含苞着的，则像一颗心。

生而为人，各有各的烦恼和压力。理想很丰满，现实却很骨感——这是多数人都会遇到的迷惘和矛盾。

我也一样，也是从一些压力中，一步一步走出来的。当年，作为一个农村娃，考上大学是改变命运的唯一途径，压力真是"山大"。我能做的，就是把每天的学习计划排得满满的，不留空隙，杜绝自己去瞎想。说到底，压力都是来自自身的思想。当思想里都是习题都是要背诵的课文，还真的没时间去感受压力了。

还有一个办法，就是放平心态，允许自己平庸，允许自己把时间浪费在一些"无用"的事情上，画画也好，做美食也好，看电影也好。或者，就坐在窗前发发呆，看看外面的蓝天和白云。把心思腾空，以便装些新的内容进去。一天不做事，地球照样在转呢，世界并没有因为你停下脚步，而发生任何改变。但你却变得精神愉悦，重新蓄满能量。

另外，跑步也是个不错的选择。如果觉得压力太大了，不妨去操场上跑上几圈，让自己出一身汗，你会变得身轻如燕。

宝贝，你只要尽着自己的努力，向着理想靠近一些，再靠近一些。至于最后能不能如愿考上理想大学，那不是你现在要愁的事。管好你的现在，走下去，放心吧，向上的路，永远不会被封死。

梅子老师

护住今天的花朵

看到梅子信箱，很开心。

梅子阿姨，我是个十五岁的女孩子，今年上高一。

虽然初中时我理科就不是很好，但是也没影响到中考，很幸运地，我仍然上了很好的高中。可是呀，上了高中之后，理科越来越难，大家程度都差不多，中考时班级里第一和第五十五名只差了二点五分，我很担心自己就算很努力地在学，也不会有太好的收获。

您是过来人，您曾经历过孩子高中的成长，可否给我一些建议，我该以怎样的心态面对高中生活？

星空下的 girl

宝贝，祝贺你成为高中生哦。

对你来说，校园是崭新的，花草是崭新的，天空是崭新的，连空气也是崭新的。

先享受一下这个崭新哎，然后笑眯眯地，打开课本，精神饱满地迎接每堂课的到来。

怀揣着今天的花朵，担心着明天的凋落，这是不是很傻呢？何况，明天的花朵未必就凋落了，也许还在盛开，也许就结出一个大大的果实来。

你要做的，是竭力护住今天的花朵，给它浇水，给它施肥，给它捉虫子……让它尽情盛放。明天的事，留着明天去想吧。

理科再难，它也是一个台阶一个台阶垒上去的。倘若你从第一个台阶起，就做到稳稳地落脚，那么，攀爬到顶点，也不是没有可能。也许，由于体力较弱的缘故，你攀爬的速度比较慢，再努力，也不能到达预想中的高度。但那是不由你的意志决定的，你又何必为此烦恼？每个人的体能都有其一定的承受度，做到尽心尽力不辜负，就是大收获了。

是的，你只要过好当下就是了，把当下的事情做好，认真对待每一堂课，认真完成每一次作业，认真弄懂遇到的每一个难题。如此一步一踏实，你必将度过一段充实而无悔的高中生活。

人生最大的收获，就是充实和无悔。

梅子老师

从爱自己开始

梅子老师：

　　您好！

　　我是一名大四的学生，准备考研。最近压力有些大。我从小害怕的东西很多，"人之所畏，不可不畏"，我是一直对生活没什么信心的人，到上了大学也感觉过程不容易。

　　现在很怅惘，也迷茫。一直没什么安全感，想谈恋爱也没谈，也因为学校男女比例失衡。我也有入世出世的困惑，害怕我用尽全部力气，也没法在这世上过上普通人的生活，也害怕用尽全部力气。

　　其实我也想过要不要去看看心理医生的。我妈在我看来有点被害妄想症，我从小是她怀疑的对象。我妈也不容易，我们家有些不幸福。这么长大的我一直不知道怎么喜欢自己。

燕燕

亲爱的燕燕，你好。

你的这封信，我早些天就看到了，但我一直没想好怎么答复你。包括现在，在我做好准备开始答复你的时候，我还在犹豫着，不知从哪里说起好。

还是先说说我的窗外吧。冬天了，这几天一直是雨雾天气，一些地方在下雪。不少人愁着，什么时候天才转晴啊。我却听到无数的小雀的叫声，划破雨雾。它们并不介意这雨雾天，也不介意这样的寒冷，照例热闹得热火朝天。嗯，我这里的鸟雀实在多，它们一叫，似乎全世界都变得亮堂、活泼起来。每每这时，我都觉得特别心安，特别好。说不上来，就是觉得有这么好的世界在啊，尽管有雨雾有霜雪，可是，有鸟儿在欢呼鸣唱，有树木在摇曳生姿，有花朵在静静开放……我可以无尽地享用。真的，好得很。

燕燕，当你也能感受到身边这些小美好的时候，你的心中定会充满一种喜悦，它会让你元气满满，它会让你品味到一种叫幸福的味道，当你沉浸在这些美好里，哪里还有什么虚空、不安和迷惘。

你的原生家庭曾给你造成"伤害"，那是你没得选择的事。但现在，不同了，你已长大，你已有了独自选择的能力，你可以爱自己保护自己了。燕燕，从昔日的阴影里，一点一点走出来吧，不多虑，不枉思，把握好今天的每一个日子。

就从爱自己开始。

青春的女孩，不装扮也是可人的。假如你装扮一下呢？那一定是明媚无比！每天出门前，照照镜子，仔细给自己描个眉画个唇。青春的样子，本该就饱满得跟一颗水蜜桃似的。为什么不呢？纵使别人不欣赏你，你美给自己看也是好的。当那种美在你身上长驻下来，你的举手投足就有了足够的气场，这个时候，你不想惹人注目也做不到了。

要学会爱身边的事物。

哪怕就从热爱一个小物件开始，比如热爱一个漂亮的杯子。热爱一支好看的口红。热爱一盆花。热爱一棵树。热爱一声鸟鸣。热爱满月的光，照亮窗户。当你心中有了热爱，你的欢喜和自信就会不请自来。

不要害怕用尽力气，你的力气是用不完的呢。无论学习，无论工作，无论吃饭，无论睡觉，无论爱物、爱人，还是爱自己，你都要抱有十二分的热情，用力去做，不亏待属于你的每一个日子，那么，你的人生，一定活得很有光彩。

不要过分哀叹自己的"不幸"，怨天尤人。天才懒得理睬你呢，别人也懒得理睬你，你只有自己从里面爬起来才是正道。安全感不是别人给予的，而是你自己给予的。人生所有的困苦，都不是白受的，它在某些方面，可以说是人生的财富。因为经历过，才不会轻易被生活打败，才懂得内敛、怜悯和珍惜。

亲爱的好姑娘，世界这么好，好好爱着吧。

梅子老师

每一个当下，都是机会

梅子老师：

　　您好！

　　在初中时，我的成绩非常优秀，是老师眼中的尖子生，是父母的骄傲。

　　可是，升上高中后，我却节节败退，从班上前几名，掉到中游甚至中游偏下的水平。老师不待见，父母不待见，都说我不努力。

　　为什么大家都认为初中优秀，高中就一定优秀呢？梅子老师你说说，这是什么道理？！

　　现在我已经高二了，我很焦虑，不知道自己还有没有机会赶上去。

然然

　　然然，你好。

　　我想跟你先分享一下我在黄昏时见到的云。那是六七点的天空，夕阳已经落下去了，四面的云，飞跑起来，如龙飞，如凤舞，又恰似扯着一面大旗铿锵而行的天兵天将，头上罩着红晕的光。那等壮阔与辉煌，无法用言语说出。我在心里面叫着，老天，你怎么可以这么壮美！那时，我就特别想叫住所有急急赶路的人，亲爱的，请不要忙着走呀，停下来，抬头看一看天空啊。我信，任你是谁，只要看了一眼这么美的天空，一天的疲惫，也会都得到安慰，焦虑的情绪，会有所缓解。

然而，你第一要做的，就是消除焦虑。人在焦虑之中，是根本做不好事情的，它只会使局面变得越来越糟糕。只有等你的心情彻底平静下来，能感受到天空中的云朵之美了，你才能正确面对你的困惑，并找到解决它的办法。

你说你初中很优秀，高中不优秀了，你在老师、父母眼中，就是退步了，不努力了。我想问问你，你自己也是这么认为的吗？

什么是优秀？我以为，有善良的人品，有坚持不懈的奋斗精神，都可以算作优秀。高中学科的难度，显然比初中的要高许多，你可能在理解力和接受力方面偏弱一些，出现不适应的状况，也属正常。只要你还是努力认真的那个你，你就不能给自己打差评。不管别人怎么看你，你自己不能否定自己。这点很重要，因为，一个人在自己都不相信自己的前提之下，是没有办法做到思路清晰目标明确的。不管遇到什么样的挫折，我们的心态要保持健康和阳光。

现在，你可以正确评估自己了，你有不足的薄弱的环节，对付它们，你尽量能补则补，尽心尽力即可。你应该也有你所擅长的科目，那就尽量发挥其所长，使它们变得好上加好。高二不是开始选科了么，你可以挑选自己所擅长的科目，作为必修课。离高考还早着呢，你哪里就赶不上了？每一个当下，都是机会。

　　对的，什么时候努力都不晚。祝你好运。

梅子老师

总有一个位置为你留着

梅子老师：

您好！

您是我第一个喜欢的作家哦，很喜欢您的书，每个文字都像水煮出来的。

不好意思打扰您了，我想请教您一些问题，不知您方便不方便？下面我想说一下我自己。

我是小星，一个即将初三的深圳女生。我是一个很内向的人，不喜欢和别人交谈。升入初中了，小学同学也只有一个还有来往，这个同学和我成绩差不多，我们俩数学都不太好，我们立下目标说，明年向前进一百个名次。学校每次期末、期中、开学考都会开表彰大会，名次进步一百以上的同学会登在光荣榜上。结果我的同学榜上有名，我却没有。我开始感到恐慌，我害怕自己去上技校，我害怕身边的人会看不起我。

我身边的同学可以说几乎都是学霸，在年级里数一数二的，所以对比一下我自己，我会不由自主地很自卑。我知道我要做好自己，踏踏实实的就好了，但我还是忍不住去羡慕，甚至和家人出去玩心里都很过意不去。小姨拼命赚钱为的是到时候如果我没考上普高，还可以上私立。我是一个从小很独立的女孩子，我不想让别人为我担心，那种感觉让我厌恶。

　　大家都认为我学习很优秀，因为他们每次看到我都在安静学习，但当班主任训话我们不能假努力时，我又不由自主地想到我自己。我真的很想很想到深圳外国语学校上学。但是这个目标真的好难好难。

　　加上闺蜜今年中考失利没考上红岭，我更加觉得一个适合自己的目标或许更实际，所以我决定上红岭。但是不知道为什么，热血澎湃了没多久，我就泄气了。现在我好害怕啊，怎么办啊。我好害怕开学我落后了很多，我好想找回当初的那种感觉。梅子老师不好意思，我的故事有点乱。

　　由于我们这里教育局要减负，所以辅导班都挪到周一到周五上。我报了学而思五门科目，所以周一到周五每天晚上一节课，一节课两小时。我想问一下梅子老师，加上初三繁忙的功课和辅导班，我该如何保持住自己的初心并合理利用时间呢，我看学霸会学会玩，我也想这样。

小星

小星，你好。

我能成为你第一个最喜欢的作家，我感到很荣幸，谢谢宝贝喜欢。

深圳我去过好多次。在那里，我认识了蓝花草，花浅紫，如精致的小碗，每个清晨向着行人问早安。还认识了闭鞘姜，叶如姜叶，花苞如一支红烛燃着。它又名雷公笋，好形象！我还认识了一种特别喜庆的植物——虾衣花，花朵如累累衣裙，我打趣说，那是龙虾妹妹穿的衣。

深圳的树，是又高又蓬勃的，是《诗经》里写的"南有乔木"里的乔木吧。晴天里，天上的云也是吓人的，又白净又肥硕，眼看着它们一垛一垛飘着，就要扑下来，砸了行人的头。好孩子，我多希望你们在学习之余，能看到自然界里的这些小欢喜啊，而不是一味地在焦虑，在害怕，在不断否定自己。

考高中是摆在你面前的一道坎，最好的结果，你考上了你想考的普高。最坏的结果，你没考上，走上了私立的路。现在我们就来假设一下，假设你上了私立，那又有什么不能接受的？哪怕就是上技校，又有什么不能面对的？不管是私立还是技校，都聚集着许多的孩子，那里也自有天地，自有花开芬芳。这世上，总有一个位置为你留着，供你发光发热的。

好了宝贝，最坏的结果不过如此，那你还有什么可焦虑可害怕的？清除思想顾虑，只一门心思做好手头的事，向着你梦想的目标冲刺吧，别去关注别人的事，学霸们有多厉害，那与你何关？你有你的路要走。对了，我要告诉你的是，没有一个学霸不是拼出来的，他们的玩，只是假象，用功是在背后你看不到的地方。

宝贝，把书本上的知识吃透，举一反三，辅之以必要的课外练习，是提高学习效率的最好办法。把各学科分类管理，学得好的科目少花点时间。薄弱一些的，多花点时间。每天攻克一个难关，就是最大的收获。

少玩手机。有那个时间，多认识一下身边的花草，并学会热爱上它们。

梅子老师

第 二 辑
幸运一直都在

很多时候，幸运不在于你有没有得到，

而在于你有没有失去。

牵着蜗牛去散步

梅子老师：

我想问你一个问题啊，你有难过的时候吗？你难过了会怎么办呢？你会不会找朋友诉说？

我有很难过很难过的事，不知道怎么办才好。

我的朋友看见我难过，却假装不知，我更难过了。

会飞的鱼

会飞的鱼，你好。

且容我想象一下，一条鱼飞起来的样子，是否像庄子《逍遥游》里的那条名叫鲲的鱼呢？它一朝化为鹏，扶摇直上九万里。

真好，你能做这样飞翔的梦。

你问我，梅子老师，你有难过的时候吗？你难过了会怎么办？这个问题，我在不同的场合，被很多人问到过。小鱼儿，月有阴晴圆缺，人有悲欢离合，长长的人生旅途上，谁都会遇到坎坷，谁的肩上都淋过风雨。

就拿这会儿的我来说吧，状态可真算不得好，我是半躺着给你回信呢。我的腿意外受伤，走路时磕绊到一个铁器上，一下子弄出五道伤痕，青肿一片，暂不能行走了。我躺着，羡慕地望着窗外。窗外的云是自由的，风是自由的，鸟是自由的，草丛间鸣叫的小虫子也是自由的，我却不自由。我也惦念着晚上的月亮。这几天的月亮，已慢慢饱满起来，晚上散步时，走过一排栾树下，从茂密的枝叶间望过去，那枚大月亮很像一朵开好的水莲花，冰清玉洁着。一想到这几天我都出不了门，我就十分郁闷。

我有时，也遭人非议，受人排挤，那时会感到委屈，会有挫败感，但我，只允许自己难过一小会儿。我会很冷静地分析，难过的源头是什么。倘若我能解决它，我就着手去解决。倘若"事已至此"，无法更改，我就用别的事来抵抗难过。我会新学一首歌，跟在后面大声唱。我会声情并茂地朗诵一首诗，反复朗诵，直到背得滚瓜烂熟为止。当我的歌学完了，诗背完了，"难受"那个小东西，也就很知趣地跑得无影无踪了。

我也会画点小画，随意在纸上涂抹色彩，赤橙黄绿，我想怎么缤纷就怎么缤纷，这也是极有意思的事。或者，翻着花样，做点好吃的点心，慰劳一下自己的"难过"。不是说吃人的嘴软么？当"难过"那个小东西，品尝到我做的好吃的点心后，它摇身一变，就变成快乐了。

我还喜欢"牵着蜗牛去散步"。让自己的脚步，跟着蜗牛一起慢下来，时光便跟着也慢下来了。这样的慢行，让你听到鸟叫了；看到花开了；蚂蚁们正吃力地扛着一粒碎屑，它们齐心协力的样子，真叫你感动；一片落叶飘到水里，像帆，很快乐地，跟着流水远行去了；天空中的云朵，像张开翅膀的大鸟，眼看着它要飞扑下来……"牵着蜗牛去散步"，你似乎重新认识了这个世界，你会发现很多有趣的好玩的事情，心里的悲伤，也就不那么多了。

你问我，会不会找朋友倾诉。这个可以有，但我不会那么做。我以为，谁也没有义务接纳我的坏情绪。"难过"完全是一种私有行为，朋友再多的安慰，也只能是隔靴搔痒。我们还是自我解决吧，尽量找点喜欢的事做，来抵御"难过"。

小鱼儿，我们身处在这尘世之中，难免要被烟尘沾染上一二。偶尔的小难过，其实真没什么的。就像身体偶尔的受伤，那伤，随着时间的推移，终究会慢慢好起来。

梅子老师

幸运一直都在

梅子老师：

　　你好！

　　我是个很不走运的人。从降生到这个世上起，身上似乎就写下了两个字：艰难。

　　我的父母都是老实巴交的农民，一辈子没走出过我们那个小村子。在村子里，他们过得辛辛苦苦，默默无闻。我从小就立下誓言，一定要走出去，一定要挣好多钱，把父母接出去享福。

　　我拼命求学，一路涉险过滩，终于挤进城里。然而，现实与梦想的差距何其大。我拼尽全力，也不过是得了一份寻常的工作，一日重复着一日，温水煮蛙般的，曾经的心性和理想的光芒，全被煮没了。我一无背景，二无后台，一个贫穷的农村娃，靠什么跟那些光鲜的城里人比？我再努力，也升不了职发不了财。眼中时时见到太多阴暗的东西和太多的不公平，自己却无力改变这一切。

　　城里的生活成本水涨船高，我和妻子、孩子一家三口，一直挤在不足五十平的出租房里，想拥有自己的房子，谈何容易。带父母来城里住两天，都成奢望。在小区里，每日所见匆匆来去之人，也都是一脸倦容。我知道，他们和我一样，也都在艰难地求生存吧。

看过一句话，幸运都是暂时的，不幸才如影随形。我深有同感。也许，我的一生，都将要与不幸如影随形吧。

雨凡

雨凡，你让我想起我的两个同事来。他们也曾如你一样，抱怨着这不公那不平的，好像全世界都欠着他们。直到有一天，单位例行体检，一同事被检查出肺部有暗影一团。医生断定，癌。那同事当即瘫倒，面色煞白，整个人感觉都不好了。他再也吃不下饭，睡不着觉，看上去就是一晚期癌症病人状。他揪住每一个前去看他的人，气若游丝地说，怎么偏偏是我得这种病？

后他被送去外地大医院复查。复查结果，只是肺部感染，不是癌。那同事得知结果，狂喜得像中了头彩，他对着医生恨不得磕头，泪流满面地一个劲说谢谢。出得医院大门，他看天天也好，看地地也好。身旁走过的陌生人，也都是好的。街旁的花草树木，也都是好的。这世上，竟没有一样在他的眼里不是好的了。他说，算是死过一回的人了，才知道，活着，是多么幸运！

另一同事，双休日约了几家人一起出游。路线也都选好了，酒店也都在网上订好了。就在他收拾好行李，准备出行时，突然接到乡下老父亲的电话，说在干农活时，摔断了腿。他当时真是恼火得很，埋怨着老父亲，怎么早不摔断腿晚不摔断腿的，偏偏选他要出行的时候。但也没别的法子可想，只得取消行程，眼看着另几家欢欢喜喜出游去了。

傍晚，他在老家，有消息忽然至，说出游的几家，路遇车祸，死伤过半。我这同事惊呆了，愣在原地，半晌没说出话来。事后，他越想越后怕，紧紧抱着他的老父亲，感激万分，一遍一遍说，真是万幸呢！

雨凡，你瞧，幸运其实一直都在的。很多时候，幸运不在于你有没有得到，而在于你有没有失去。你守住了健康、平安和喜悦，你是幸运的；你晚上归家，家人一个都不缺，都好好地在着呢，你能陪着他们享受着家常菜的温馨，你是幸运的；窗外风狂雨骤，你的蜗居虽不大，但足够你躲避风雨，你是幸运的；每日清晨，阳光重又爬上你的窗，你又拥有了新的一天，你是幸运的；黄昏时，你穿行于俗世的庸常里，路边花开灼灼，瓦肆之中，寻常烟火蒸腾，那一刻，你在。你说，你还要怎样的幸运？

我也看到一句话，觉得挺好的，我想把它送你：

没有靠山，自己就是山。没有天下，自己打天下。没有资本，自己赚资本。

雨凡，我相信，这世上之人，都是越努力，越幸运。你说呢？

梅子老师

这世上，还是有很多美好

梅子老师：

　　读你的文章，似乎世界都是美好的。可事实上真的是这样吗？

　　为什么我眼里的世界，都是灰的暗的？它雾霾重重，灾难遍地，到处充满了谎言和欺骗，充满了你争我斗，充满了背叛和毁灭。我对这个世界，是极度失望的，我不信任它。

麦子

　　麦子，你好啊。

　　真喜欢你这个名字。麦子，麦子，让我想起我的老家，春天麦苗青，初夏麦穗黄，一片一片的。鸡鸭牛羊鸟雀，还有人，都淹没在里面。风吹着一波一波翠绿，或吹着一波一波金黄。很美。

　　麦子，你见过那样的村庄吗？或许，你就是村庄的一个孩子。如果真是那样，我倒很愿意和你聊聊种子、庄稼、蔬菜、草木、虫鸣鸟叫。还有炊烟和老房子。还有篱笆和草垛子。河畔的一棵柳树上，牵绕上去的一蓬扁豆花，开得可真叫好啊。

我知道，你要反驳我，你要说那样的村庄是落后的、土气的、辛苦的、贫穷的。是，它没有高楼大厦，它没有霓虹灯闪烁，它没有车如流水马如龙。可是，它有宁静、纯朴和祥和。当一个农夫，倚着一垛草垛子，笑眯眯地看着他亲手种下的庄稼，茂密生长，他的幸福感和成就感，溢满胸中。那种幸福，无法用繁华与金钱衡量。自由来去的风，风中飘散着庄稼和果实的清香。野花遍地。天地广阔。这一些，又哪是哪座高楼大厦里能够拥有的呢！

好，我不聊村庄了，我来聊你的问题。你说你对这个世界很失望，你说它是灰的暗的，雾霾不断，灾难重重，到处充满了谎言和欺骗。麦子，我得感谢你，即便你如此不相信这个世界，你还是选择了相信我，愿意把这些话告诉我。那么，你是把我排除在谎言和欺骗之外的，是吗？那么，你潜意识里也承认，这个世界还是有美好的，是吗？

你也许受过什么挫折，遇见过什么不公。但你不能因为摔过一次跤，从此恨上走路。你不能因了一次被雨淋，从此看不见阳光。是的，我们的蓝天常被雾霾遮住。亦有灾难，时常来造访。人生的路上，总有千难万险。但一代一代，却能生生不息，一往情深。你道为何？那是因为，在这个世上，快乐永远多于苦痛，阳光永远多于阴霾。冬天再漫长，也总会迎来春暖花开。黑夜再黑得密不透风，也总会被黎明的晨曦穿破。

　　我认识一个补鞋匠，他在一条老街上，补了几十年的鞋了。他小时患过小儿麻痹症，腿脚不便，替人补鞋，是他养家糊口的唯一生计。补鞋这行当，搁在从前贫穷岁月，生意还行。然现在，人们早已不缺买双新鞋的钱了，很多补鞋匠，都另谋别的职业去了。他的生意，却一直红火着。老街上的人，鞋子穿旧了，不扔，统统送到他的鞋摊上来。那些补好的鞋，老街人拿回去并不穿，只是收藏着。隔些天，拿剪刀戳个洞什么的，又拿到他的鞋摊上来了。大家就这样，顾惜着他的生意，不落痕迹。

　　麦子，我们每个人心中，都住着一个天使。善良是花，无处不在开放着。

　　曾于无意中看到一档电视节目，一个叫符凡迪的拾荒者的经历，叫我感动难忘。他不知道自己的年龄，出生没多久，父亲就过世了。从那时起，他就被恐惧和饥饿包围着。后来，他辗转到南方一所繁华的城市，靠捡垃圾维持生存。他吃过怎样的苦，都被他忽略掉了，时时记着的，却是对这个世界的感恩，那些来自陌生人的善意。他用这样的善意，又去帮助更需要帮助的人，他去照顾在街上卖唱的残疾人，他和他们成了好朋友。他爱看书，爱唱歌，书和音乐让他感觉到人世间的美好。

　　他说，我一直相信，世界上有很多美丽的东西，我也想成为其中一部分。是的，这世上，还是有很多美好。麦子，让我们，都成为其中的一个吧。

梅子老师

向美而行

梅子老师：

  你好！

  我很喜欢你的书。初中的时候就很喜欢读，你在书中塑造了一个个纯洁的灵魂、美好的灵魂，让我相信，这个世界上有更多的善良与理解。特别是《风会记得一朵花的香》，它陪伴我走过了一段艰难的时光，也让我懂得去爱护他人。

  但是现在，我很困扰，我渐渐怀疑自己的人生，在时间的历练中，它被什么一点点腐蚀了。我现在读高中，自认为自己比同龄人走得更快，所以伤心的事情越来越多。就像我爱祖国，但我同时也为这个不公平的社会泪流满面，看到那么多的人像蝼蚁一样，他们曾经也是拥有梦想的，有一部分因为无法坚持变得麻木，因为这个渐渐失衡的社会与腐朽的人心变得麻木。我不想跟他们一样，可是行动却因为现实跟想法背道而驰。

  因为父母，因为老师，因为同学，因为亲人朋友，我想尽量兼顾所有人，所以总是把自己搞得很累。我心疼父母，他们为我付出半生，除了学习上的回报，我也自愿成为他们事业、人际交往的工具，做这些我会心安理得一点，因为他们为了我真的很不容易，生活得很辛苦。可是我不想活得那么商业化，我好像比孔乙己还可笑，我也知道没有一个人是容易的，我也不明白自己为什么会变成这样，最难过的事就是我居然想对父母讲：我已经习惯一个人的生活了。梅子老师，我该怎么办？

你的读者

宝贝，你好。

我很高兴，我的书陪你走过了一段艰难时光。

这个世界，的确有着诸多的不完美，它有寒风凛冽，有雾霾笼罩，有山洪呼啸，有灾难频频，它有战争、有肮脏、有欺骗、有背叛、有麻木、有伤害。但它也有春暖花开，有夏虫呢喃，有秋叶斑斓，有冬雪晶莹，它也有和平、有洁净、有诚信、有坚贞、有热血、有爱护。人类之所以能够千秋万代延续下来，不是因为它的不完美，而是因为有花在开，有虫在鸣，有叶可赏，有雪可等，因为有爱在，有善良在，有希望和阳光在。

年初的时候，我曾到过印度一趟。我对印度，起初是怀着深深的戒备心的，它街道狭窄，秩序混乱，鸽群乱飞，尘土飞扬，然随着步履的深入，我看到它表象下面掩藏的那颗心，同样是滚烫的，那里的人们，也在热热火火地爱着这个人世间。我最忘不掉的是他们的笑，不管是在陌巷，还是在繁华的都市之中，你所遇到的印度人，都揣着一张笑脸朝向你。那些笑容，质朴如古城堡上的红砂岩。黑黑的地陪导游小凯，两只眼睛晶晶亮亮地看着我们说，是的，我们印度是不够好，它还很贫穷，还很落后，但请你们相信，我们也在慢慢变好。

宝贝，这会儿，我跟你说起他这句"也在慢慢变好"时，我的眼睛，不知为什么有些湿了。是的，我感动。人类从茹毛饮血的年代，一路走过来，哪一步不是向美而行？这期间，越过多少的艰难，涉过多少的险阻？在不断地纠正错误和探索真理中，人类的步伐，从来没有退却和停止过，这才有了人类的进步，这才有了我们现在更为开阔的天地和美好的生活。

宝贝，请不要怀疑自己的人生，你所看到的，和你即将看到的那些不完美，并不是这个世界的全部。这个世界风雨有，黑暗有，但阳光和光明，才是这个世界的主宰，我们不能因为某些阴暗、麻木和凋谢，就否决掉明亮、奋进和绽放。我们不能要求人人都是阳光的、光明的，但我们完全可以把持住自己，守着一颗初心，即使处在风雨中，也能心怀阳光。即使身在黑暗里，也能自带光芒。倘若如此，这个世界，并会因你而多出一分阳光和光明。

我不知道你的父母是怎样拿你当"商业上的工具"的。倘若他们只是想教你一些人际交往的技巧，那也未必全是坏事情。因为终有一天，你要独自踏上社会，到那时，这些人际交往的技能，或许能助你轻松地融入社会。毕竟，人与人才构成社会，如何更好地跟人打交道，也是一门学问。只要不违背良心做事，不伤天害理，不损人利己，不问心有愧，我以为，别的，都无关紧要。

宝贝，心怀善良，相信美好，向美而行，这是我要送你的话。

梅子老师

神奇的发夹

梅子老师：

您好！

我是您的读者。不知您会不会看到这条消息，但我还是发您这条消息了。

我读了您的一本《风会记得一朵花的香》，很有感触。我有件个人的事情，您能帮我看看吗？您的这本书里有一篇写的是要做自己，寻回自我的，不要为别人而活。可是我上了中学后，不知道我的性格到底是什么样的，我总是为了挽留我的朋友或者交朋友不断地做出改变，可是我累了，到现在我连自己是怎样的我都不知道了。我总是和别人聊不上来，别人说我情商低，可是我并非这样，我是为了和他们做朋友，为了跟他们聊得来，我把自己变得很疯，嗓门慢慢变大，就是想引起他们的注意。

可是我想找回自我。老师您能帮我看看吗？我该如何找回自己，找回原本的样子？因为我真的不知道怎么办了。我真的很想别人下课来找我玩，而不是我去找别人玩。每次我去找他们玩，总是融入不进去，感觉没人把我当朋友。我有时候真的觉得很累。我几次想找回我原本的样子，可还是一无所获，我想找回我小学时候的人缘与自己……老师，您对我有什么建议，可以告诉我吗？

您的读者

宝贝，你好。

我曾看过一个故事，不记得是在哪儿看到的了，不记得是在什么年纪看
的了，但它在我的脑海里却留下了深刻的印象，让我时常会想起。

故事里有这么一个小女孩，她总是觉得自己不够漂亮，不够聪颖，因此
活得很自卑。别的女孩子三五成群在一起玩，神采飞扬地跳啊蹦的，她好是
羡慕啊，她也很想融入到她们中间去，也想像她们一样的跳啊蹦的。但一走
近她们，她自己就不自信了，总感觉到大家在笑话她，笑话她的丑，笑话她
的笨，她为此苦恼不堪。

她去求佛祖，她说，佛祖啊，我也想变得像她们一样好看，一样聪明，
怎样才能做到呢？佛祖笑了，佛祖说，她们的头发上，都别了一枚漂亮的发夹，
只要你也有这样的一枚发夹，你就会变得跟她们一样聪明和漂亮了。

小女孩恍然大悟。她求佛祖也赐她这么一枚神奇的发夹，佛祖答应了。

小女孩如愿得到了发夹。她把发夹很认真地别到头上，刹那间，她觉得
她整个人变得光彩照人起来。再出门，她就很自信地昂起头，欢欢地笑着，
遇见每个人，她都声音脆脆地打招呼。大家把她看了又看，忍不住夸她，你
今天看上去好漂亮啊。小女孩很开心，她终于融入到一群女孩子中去了，和
她们一起快乐地跳啊蹦啊。

等她玩累了哼着歌儿回到家，妈妈看着她，高兴地说，宝贝，你今天看

上去真可爱啊。小女孩得意了，她晃晃头说，妈妈，那是因为我的头发上别了一枚神奇的发夹呢。妈妈仔细地拨弄着她的头发，惊讶地说，宝贝，你的头发上没有发夹呀，但你的脸上，却有着比发夹更明亮的色彩呢。小女孩不信，她跑到镜子跟前，左看右看，她的头发上，确实什么也没有。

这时，佛祖的声音响在不远处，佛祖说，孩子，你的自信，就是一枚最好的发夹啊。

宝贝，我们每个人都拥有一枚神奇的发夹，只要你找到这枚发夹，你也就找到了自己。

梅子老师

人生就是人生

梅子老师：

　　您好！

　　我是一名小学六年级的学生，是您的小迷妹。我想问您一个问题，您说，人生像什么？

　　期待梅子老师的回答。

　　　　　　　　　　　　　　　　　　　　　　　　　　　　　　　　小公主

　　小公主，你的问题难倒我了。

　　人生像什么呢？我给一盆吊兰浇水。这盆吊兰跟着我七八年了。我常离家，一走十多天，它不得不常强忍着干渴，等我归。有时看它都枯萎了，但青绿的一颗心，却不肯枯去。我施以点滴之水，它便又顽强地活过来。很快，又冒出新的芽，抽出长长的茎。它的花，开得似乎漫不经心，细细碎碎的白，若不留意，也就被你忽略了。然细细端详，却有着别致的美和动人。一朵一朵小花，微微吐着蕊，像在宣誓：我终于，盛开了。

人生，好比是这样的一盆吊兰吧。既然选择了活着，就努力地活着，怀着初心，不肯轻易离场。

人生也好比一条小溪流吧。有的能一路向前，顺畅流到终点，汇入大海。有的会在中途拐几个弯，但历经曲折后，最终，也能抵达终点。有的，却在半路上止息了，断流了。有的，要穿越很多的乱石瓦砾，道阻且长，然它奔流的脚步，从不肯停留。

我在新疆，曾跟着一条小溪流走。它走过乱石，绕过山冈，山谷空寂荒凉，走得我都快失望了，很想折回头去。然它，没有回头，不屈不挠。它心里面装着蓝天，装着梦想，装着盛开，装着飞翔，就那样，走啊走啊，一直走到一座雪山的下面。我的眼前，突然洞开，七月的繁花多如星星，我看到了最美的草甸。

小公主，我们的人生，有时缺乏的，就是这条小溪流的精神呢。当走不下去的时候，不要轻言放弃，再坚持一会儿，也许，我们就到达了生命中的芳草地。

人生也好比一棵树吧。从一颗种子开始，从一棵小树苗开始，慢慢长。有的奋发向上，长成了参天大树，成栋梁之材。有的因品性不端正，长歪了，只能当柴火烧。也有的，脆弱不堪风雨摧，不幸中途夭折。绝大多数的树木，都能撑起葱郁，成为四季风景。就像我们多数人的人生，也许平凡，然却孜孜以求，营造出属于自己的美好和丰华。

人生也好比一面镜子吧。你哭，它也哭。你笑，它也笑。你青青的额上，小绒毛历历可数。它便也有青青的额上，爬满小绒毛。你眼角堆着皱纹，岁月的波浪，在里面荡漾。它便也有皱纹，如波浪一般。这面镜子，也可称作心灵的镜子，它会时时映照你人生的容颜是否明亮。

电影《阿甘正传》中，阿甘的妈妈对阿甘说，人生就像一盒巧克力，你永远不知道会尝到哪种滋味。——她说的是，人生在于不断尝试，酸甜苦辣你也许都会尝得到。我想换成另一种说法，人生就像一场旅游，你永远不知道，下一个路口，会遇见怎样的风景。

我们也只有走下去，才能遇到。那景致也许很一般，也许很美好。但人生一场，就是为了体验不同的风景，也才有意思，从而成就我们的丰富和完满。

其实，小公主，我更愿意人生就是人生，就是我们真切地活在这个尘世里，爱着，眷恋着，一呼一吸间，都闪耀着日月的光辉，花草的芬芳。就是我在这里，就在这里啊，我好好活着，我看见天空和大地。我看见花开花落，鸟雀飞翔。我看见衰草连天，那里面，又冒出鹅黄的新芽。

梅子老师

另起一行

梅子老师：

你好！

高考结束了，很累！不仅仅是肉体的，肉体的歇歇就好了，可精神上的不是那么容易。三模过后有一段时间我都绝望了，心情很低落，很难熬，心疼得要命，睡也睡不踏实，心超级累。高考过后，我比之前还紧张，九号晚上回家，我一夜没睡好，睡一会儿就醒了。

有些事情，一开始就知道答案了，当时很看得开，觉得结果没有过程重要，还是想试一试。事后，什么都经历过了，付出了，又有那么一点在意结果了，很矛盾。当答案即将揭晓的时候，我还是会难受。

本有那么一丝丝希望，想要赌一把，最后还是怕输了。

他们都说，高考可以改变命运，这是真的吗？高考是离梦想最近的一次，可我却离梦想越来越远，渐渐地，我抓不住梦想的尾巴！

为什么，要让自己那么累，去追求那渺茫的希望？为什么不在单招时选择放弃？一切因为我想闯，想尝试！可没有什么事是如我所愿的。我不想面对这一切，试图将自己麻痹到成绩出来的那一天，那个时候，必须要面对了，没有逃避的理由了。

前方的路在哪里？我该怎么做？

你的读者

宝贝，你好。

原谅我，没有及时给你回信。

我在等，等高考成绩出来。

我当然知道，这个等待的过程，对你来说，是多么难挨。但，这是你必须经历和承受的，旁的任何人，都帮不了你。

现在，你高考成绩的谜底已揭开了吧？也许它出乎你的意料了。也许它就在你的意料之中。无论是哪一种，我都要恭喜你。从此，你的人生，要另起一行了。

高考是什么？是多年的播种、耕耘，开了花结了果，终于收获了。当然，这果实会有大有小。但对你命运的影响，并不完全取决于果实的大小，而是要看你，怎么利用这颗果实。倘若日后你精心伺弄，用心培育，它定会重新生根发芽，蓬勃出另一番天地，来个硕果满园。但如果你只一时享用它的芳美，日后却懈怠待之，最终，它将会干瘪掉，你将颗粒无收。人的一生，其实一直都在播种和收获之中。

我曾教过一个学生。高中三年，他的成绩在年级里都是名列前茅。高考时，毫无悬念，考上了重点大学。接到通知书后，他的父母激动得大摆宴席，所有认识这孩子的人都预言，他的未来将前途无量。然两年后，这孩子却被学校勒令退学回家。两年的大学生活，他全部用来玩电脑游戏了，导致门门挂科，再也无法把学业持续下去。

我还教过一个学生，当年高考，成绩很一般，最后只念了个民办本科院校，学的是冷门专业——宠物医学专业，没有一个人看好她。然这个学生后来却读研，读博，人生一路开挂。现而今，她已是某科研所的骨干成员，科研成果一个接一个出来。

宝贝，一场考试真的决定不了人生的输赢，人的命运，是由无数次风无数次浪组成的。什么时候都不要说希望渺茫这样的话，渺茫的只是你的心，而不是希望。你要整理的是自己的心，要尽量让它变得坚定和踏实。前方的路就在前方，好好走着吧。也许在这条路上，你还会遇到失败，遇到坎坷，然只要你有明确的方向，所有的失败和坎坷，最终，都将变成戴在你脖子上的花环。

好了，高考已离你远去了，还是先放松一会儿吧。趁着这难得的空暇时光，去读读这世上的好风景。如果你手里的钱不多，就近处走走看看，这个季节，绿阴幽草胜花时呢。倘若你手里有些余钱呢，咱就走远一点儿。新疆是值得一去的。这个时候，山坡和草甸上的花，花期正盛，五颜六色，雪山相映，美得不像人间。也可以到云贵高原去看看水，那些山谷里的水，那些飞溅而下的瀑布，旺盛得不得了，全都染着绿，像撒了无数的翡翠。还可以去西双版纳看看云。那里的云，被那里的人们喂养得白白又胖胖，每一朵都是丰腴富足的。

宝贝，当你置身于美妙的大自然中，你会由衷感叹，这活着的值得，便愿意为之，付出一生的努力。

我们的努力，只为配得上这个世界带给我们的美。

梅子老师

种下一棵向日葵

梅子老师，这次，我想请教您一些学习上的问题。

九年级以来，我的语文总是考得很差，主要扣分在作文，有两次作文竟然只得了 32 分（满分 50 分）！我以前（特别是小学）作文很好的，我的作文经常被老师当作范文去读。但现在，我越来越发现，我连叙述一件事，都叙述不清楚，不明白，更不生动。我常常觉得我的生活很无趣，整个初中，除了学习，除了拼命，除了熬夜，没有什么事了。所以，我也找不到写作素材。现在，我想学习的是，如何把生活中的一些小事，都能写得很好很详细很生动。

可能是因为我每天都不快乐，活得很糊涂，不像个孩子，总是逼自己学习，逼自己前进，所以我看不到生活中的美。去年暑假里有一天，我突然发现，天空中的云彩好漂亮，这时候我才意识到，我大概很久很久都没有仰望天空了。每天生活在蓝天下，天空对我而言却是陌生的。

我真是可悲、可怜。我也尝试着让自己停下来，生活慢一点，每天给自己定一个目标，发现生活中一件好玩的事。但我发现我做不到。我以前成绩不错，考过九次年级第二，但到了九年级，成绩很差，上次月考竟考了年级27 名，现在在县里排名到了 80 名！我以前经常是县里前十啊！我不敢停，我也不能停，还有 127 天就是中招考试了，我离目标还很远！而且现在越来越不努力，很多事情困扰着我，阻挠着我前进。

我每天都在思考着一些问题，不断反思，不断和自己对话。我也不清楚自己在想什么，真正想要什么，我变得越来越不真实。我知道，我现在这个样子，活得糊里糊涂，肯定作文写不好，成绩也不会优异。

我很迷茫。我迷茫什么？迷茫我的未来——我该不该考郑外，我怎么和我家里人相处，我怎么变得真实，我怎么活得像自己，我怎么改掉自己多心多虑的毛病，我该不该遵守规则，我作业写不完该不该抄答案，以后有时间再补上？

我活得不快乐，很惆怅，我想得很多：朋友不理我了怎么办，我在乎的人不在乎我怎么办，我该怎么学习……生活中很多事情都让我疑惑。我也不知道自己是怎么了。可能是长大了吧。我可能需要去多读点书吧。

希望梅子老师可以给很糊涂很乱的我一点建议。谢谢老师了！

您的小读者

宝贝你好，我刚刚给我的长寿花拍了一些照片，今年它开得可好了，一茎上竟开出 36 朵花。我想到"簇"这个字，我的长寿花它已开成了"簇"，是花团锦簇里的"簇"，是臻臻簇簇里的"簇"。我们的汉字，真是有意思极了，它总能准确、生动、形象地表达出我们想要表达的。写作呢，就是从一个一个文字开始，你掌握的文字越多，你对事物的描述，就会越流畅越恰到好处。

我看着这盆花簇簇的长寿花，脑子里亦相应地蹦出欧阳修的词句"今年花胜去年红"来。他在那首《浪淘沙》里，慨叹时光美好，人世聚散却总是苦匆匆。我没有那么多的感慨，我只知道，我遇见了花们这一刻的明丽，它们比旧时光里的还要明丽，这便是极大的造化，是花的造化，也是看见花的人的造化。如果我们每个人的今天，都比昨天活得更好，而明天，又将胜过今朝，那还有什么困扰于心的？人心真的很贪，什么都想拥有，结果，什么都抓不住。知足常乐，才有可能更接近幸福。

就像丫头你，已经很不简单了，在县里排名能进入前 80 名呢。学习是一个长跑的过程，在这个过程中，有人会越过你，有人会落后于你，这都是再正常不过的事了。只要你没有放弃奔跑，只要你怀抱热忱，你也总能很好地到达终点。未来如何，那是未来的事，你掌管的，只是你的现在，那就把你的现在经营好。少去胡思乱想，因为想了也没用，不如还自己清静简单。

我想起我考大学那会儿，每天凌晨两点起床。那时，教室门尚未开，我翻窗进去，点灯背诵历史、地理，温习功课。那会儿的日子，似乎很苦，现在回想起来，却无比地简单幸福，心思单纯而饱满。因为自己拼命努力过吧，很对得起自己的人生了，最后虽没像我的同学那样考上重点大学，我也没什么可遗憾的。

我有一个画家朋友，如今他的事业如日中天。当年他从家乡小城，一路北上，住在北京潮湿的地下室里，里面昏暗不见天日。他在住处的一面墙上，画了一扇大大的窗，又在窗子外，画了一朵大大的向日葵。他告诉我，每当他沮丧的时候，他就看一看"窗外的向日葵"，内心里重新长出希望。

宝贝，生活不都是鲜花铺就，也有杂草丛生。这个时候，我们不要总是纠缠于杂草，最后也沦为杂草中的一根，而是要在自己的心里，种下一棵希望的向日葵。每天对自己说，我的向日葵在开着花呢。跟着向日葵的步伐往前走吧，朝着阳光，永不言败。

梅子老师

笔直向上

梅子老师：

　　您好！

　　我是一个平凡的中学生，掉在人堆里，找不着的那种。有时还挺敏感的，动不动会掉几滴眼泪，为别人的一句话，为看到的一件事。我也不明白吧，可能这就是青春的烦恼吧，说不上来。心里有时会塞得满满的，有时又空空如野。

　　父母对此很不屑，说，一个男孩子，动不动就掉金豆子，像什么男子汉！又谆谆教导我说，男子汉有泪不轻弹。

　　我也觉得羞愧，大概没有几个男孩子像我这般吧。但我还是忍不住要掉泪，就像读您的书，读着读着，我就掉泪了。也不是难过吧，就是生起莫名的情感，我也说不清是什么。或许那叫感动吧。您的文字真美，安静得叫人忘了呼吸。每当我烦乱的时候，捧起您的书读几页，就能安静下来。谢谢您写了那么多好书。

　　现在我有个苦恼想跟您说说，就是吧，我最近活得很茫然，不知道自己的方向是什么，是按照父母的意愿去好好学习，还是追求自己想做的事情。

　　谢谢您为我解答。祝您身体健康！

一个中学生

宝贝，你好啊，紧紧拥抱一下你，为你的"敏感"。

我不认同"男子汉有泪不轻弹"那句话，流泪也是人的一种本能反应啊，硬憋着有什么好，那不得憋出病来？

泪腺发达的人，多半是内心柔软的人。这世上不缺少强硬之人，缺少的恰恰是柔软之人啊，多一分柔软，就多一分善良和美好。因为，柔软之人更具同情心。所以宝贝，如果你想流泪，你就流吧，一滴泪水也许就能催生出一朵花呢，这是好事啊，有什么可羞愧的？当然，适当的节制还是要的，咱身体里的水分也不能流失得太多是不是？咱还要用它滋养我们的身体呢。

说到滋养身体，我们常常会忽略掉心灵。人最要滋养的，是心灵。你所说的"人生方向"，就是属于心灵的范畴。不同的人，会朝着不同的方向而去，但其中，总有一个大的方向，像指南针一样的，指导着人们的行为，让他们的方向，不会偏离它太远。

这个大的方向是什么呢？我还是举个例子来说吧。我去我们这里的黄海森林公园游玩，它由一片片人工水杉林组成，占地面积达四千多公顷，里面植被繁多，最多的，还是水杉，茫茫一大片林海。我印象深刻的是，有一棵只有小孩子胳膊粗的小水杉，夹杂在高大的杉树丛中，也是站得笔直笔直的，稚嫩地踮着脚尖，一路朝向天空。我想，这棵小杉树，未必清楚自己将来会成为什么样子，但它一定知道，作为一棵树，笔直地向上生长是它的责任。这里的"笔直向上"，就是杉树们的大方向。

我们人生的大方向，也应该是笔直向上的，向光、向善、向美而行。在保证这个大方向的前提下，我们再确定各自的小方向，就是明确自己将来要做什么事，相当于树立理想和目标。你没有理想吗？从你的话里，我却嗅出你分明有，你说"追求自己想做的事情"，这其实就是你的方向啊。

要想沿着这个方向走，你目前除了"好好学习"，我不能替你想到别的法子。要想实现你的理想，你必须先接受完系统的学校教育，这是你成才的基础。你拥有的知识越多，你离梦想的距离就会越接近。

好好学习吧宝贝，只有掌握了足够多的知识，你才能扬起理想的帆。

梅子老师

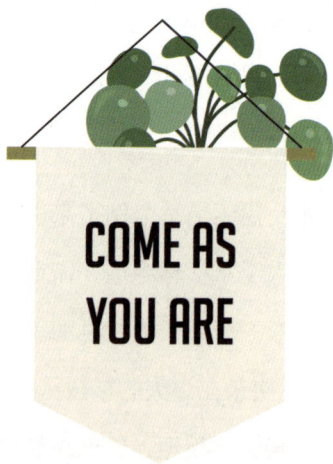

微笑，是一个人的磁场

梅子姐姐：

你好！

我是一名高一新生。偷偷告诉你，我复读过的，但我仍旧没考上我想考的高中，只差了几分，所以我对现在就读的学校有点儿怨气。

我似乎患上了社交恐惧症。我们班的同学都很活跃，他们在一个群里，谈天说地，你来我往，热闹非凡。我感觉自己插不进话。对于不熟悉的人，我真的做不到自来熟。我矛盾着，我很怕会融入不进去，很怕被孤立。

我不是个很有趣的人，我也不玩游戏，不喜欢看当下流行的电视剧。我只喜欢安安静静地看书、跳舞，做那个自己。但过于沉溺在自己的舒适圈里，我觉得孤单，我也想要踏出去，却不知道该怎么做。我也想像同学那样活跃，可以很快融入群体中去。

我从小最怕孤独，却又喜欢孤独。我不知道你理解不。我害怕自己一个人被别人看到，也许是虚荣心，也许是我怕别人看……

你的读者

宝贝，你好。

你的信写得有点凌乱哦，不过，挺有趣的。

你偷偷告诉我，你复读过。我的眼前，便出现了一个可爱的姑娘，她压低嗓音，悄悄凑近我的耳朵，一字一字咬着说，脸上飘着羞涩的红云朵——这模样多么有趣！

你害怕着跟不熟悉的人接触，又羡慕着他们的那份热闹，你远远望着，徘徊着，纠结着，像隐在花丛中的一朵小小的花，想把自己藏起来，又怕别人看不到，真正是左右为难呀——这，也是顶有趣的。

你看着你的书，你跳着你的舞蹈，一方面享受着那份安静，另一方面呢，又想自己身上能发光，能让人看见，并惹来惊叹，呀，呀，这个姑娘多么与众不同呀——这，也是很有趣的。

人生的趣味，是多种多样的，不是玩玩游戏，看看流行的电视剧就叫有趣（那在某种意义上，是无聊），能有着自己的爱好，能做着自己喜欢做的事，能有着自己的想法，有着自己的坚持，有着自己的目标，这都是有趣的。包括，喜欢并享受孤独，也是有趣的。

但，乱丢怨气不算有趣。你复读过，原不是件丢人的事。多少人想走回头路还不能够呢，你看你多好，原先走得太匆忙，路边的景致你一定落下不少，这下好了，你重新走了一遍，又遇到一些新的人，遇到一些新的事，遇到一些曾忽略掉的景致。这大大的收获，岂是一张试卷能收纳和考量的？你后来没考上理想的高中，这本身也算不得什么大事，普通高中的老师并不比重点高中的老师差，有的甚至比重点高中的老师还要敬业，专业素养还要高。只要你步步紧跟，勤奋刻苦，最后一样能学有所成。

然你却生了怨气，且把这个怨气丢在你就读的学校身上来了。它有对不起你的地方吗？没有。它妨碍你去考理想的高中了吗？没有。相反，是它接纳了你，包容了你。你说它冤不冤？唉，不是它对不起你，是你对不起它才是，你要做的，是为它争光，让它日后能以你为傲。

宝贝，在你今后的人生路上，还会遇到一些不如意。到那时，我希望，你不要埋怨他人，不要埋怨这个世界，凡事要多多反思你自己：我够好吗？我够勤奋努力吗？宝贝，这个世界不欠你什么，你有什么样的能力，它就给你匹配什么样的人生。

至于融入到群体中去，一点儿也不难，只要你能克服掉你的清高和虚荣，就可畅通无阻了。早上到班级，遇见同学了，主动笑着问候一声早。晚上离开时，主动笑着跟同学道一声晚安。平时跟同学互相问问题目，借借文具，交流一些小秘密，结伴着去食堂吃饭……记住，做这些时，请面带微笑。微笑，是一个人的磁场，那种从内心里散发出来的恬淡、善良和好意，有着独特的魅力，不管是在你独处的时候，还是走在人群里。

梅子老师

第 三 辑
我把今天爱过了

每一个被我爱过的今天，才是我真正的人生。

做一条活泼的鱼

亲爱的梅子老师：

　　您好！

　　梅子老师，您还记得我吗？我是三年前给您发过邮件的小圆子。真的很感激您曾经给我建议！三年来我经历了很多，成长了很多。也有许多话想和您说，想问问您。

　　梅子老师，我现在已经是一名大学生啦！九月份就要升大二了。我本来凭借高中获得的奖项和成绩，已通过了梦想中的大学的综合素质评价，面试也通过了。只要我高考达到一本线，就能被录取。然而最终，我差了一分，与之失之交臂，我几近崩溃。想到高中三年的努力，几乎没有自己娱乐的时间，每次回家都背着重重的书包，晚上熬夜研究题目，可我还是失败了。

　　这是至今让我无法释怀的事情。

　　糟糕的人际交往，也让我常常不开心。我太在乎别人对自己的看法了，高中时与同学之间发生过不愉快，现在一想起，还十分难受。在大学里，我还是不知如何处理人际关系，往往总是充老好人，软弱好欺负，有时候对我来说比较麻烦的事，只要别人开口，我总是竭力去帮忙，似乎她们开心，自己就开心了，有一种阿谀奉承的味道，生怕别人对自己有意见。偶尔也会觉得心累，自己小小委屈一下，然后依然会那么做。我其实挺恨这样的自己的，太讨好别人，而没有自我了。

梅子老师，我是不是太斤斤计较了啊？这样的人是不是永远也不可能实现梦想啊？我常质疑自己，面对不可知的未来，我既期待又害怕。

初高中，无论失败与辉煌，都过去了，但我始终很难真正放下。我不想相信所谓的命运，可又害怕最终会屈服。我想试着考研，我想考回我的家乡。对啦梅子老师，我还没和您说过我的家乡吧？我老家在安徽，所以很想考研考到安徽师范大学，多了解了解家乡。我想再努力一把，我觉得自己高考的努力程度还不够，但我又怕结果还是徒劳。

梅子老师，我很想与命运抗争，很想把握自己的命运。但是我又不知道自己具体应该怎么做，又是否能够坚定地付诸实践。

我想成为和您一样的老师和作家。梅子老师，您觉得成为一名作家需要具备哪些条件呀？

絮絮叨叨说了这么多，梅子老师该不会嫌我烦吧。

最后，祝梅子老师天天开心！

爱您的圆子

圆子，你好呀。祝贺你成为大学生了！

如果说小学的生活是条小溪，中学的生活是条大河，大学的生活就是江是海了，领域足够宽广，资源足够丰富。我希望你是一条活泼的鱼，跳入其中，能扑腾出一些闪亮的水花来。读书、摄影、音乐、绘画……一些与艺术有关的事，挑一个或几个自己感兴趣的，多参加，多投入一些精力，那将是你未来生活质量的保证。当一个人有了艺术的滋养，他将拥有高贵的气质、优良的品德，他会变得越来越自信，心胸也会变得越来越开阔，他已远远超越了原来的那个他，昔日的种种不愉快，又怎会挂在心上？未来的路，他也不惧怕。因为明天是今天的延续，今天的他已经够好了，明天的他，还会差吗？

圆子，不管昨天有多少的错失，它已经成为过去式了，即使从头再来，你未必比昨天的那个你做得更好，那你又何必耿耿于怀？把那一份经历，当作你成长的礼物岂不更好？不要为昨天的努力感到委屈，假如不是昨天那么努力，你也不会遇见今天的你。你应该对昨天努力着的你，充满感激才是。

今天的你，有了更明晰的目标，想考研，成为一名师范生，将来做老师。那就努力备考呗，这有什么可犹豫的？也许结果未必如你所愿，但你在备考中读进去的那些书，学进去的那些知识，送走掉的那些努力着的清晨、黄昏和夜晚，将成为你人生的财富，不定什么时候就派上用场，焉有什么"徒劳"之说？俗话说，东方不亮西方亮。人生从来没有白用过的功，只要努力了，定会有收获。就像鱼在水里，从不会停止它的游弋。虽然不是每次游弋都能给它带来食物，但却使它变得更为矫健。

至于要成为一名作家……这个，我不鼓励你。如果你喜欢读书，喜欢写作，那就读着写着好了，随心随性，这样，不沉重，很舒适。因为读书写作，不是职业，它更倾向于怡情养性。就像有人爱养花、有人爱喝茶一样。如果你一直坚持做下去，也许写着写着，不单单怡了你的情，也怡了别人的情，拥有了你的读者，不知不觉中，你也就自成一家了。

圆子，当你能沿着自己的梦想，心无旁骛，一路向前，又能有自己喜欢的艺术相伴左右，你真的就活得像一条活泼的鱼了，在宽广的海洋里，自在游弋。到那时，你所忧愁的人际关系，自会迎刃而解。要知道，你讨好型的人格，恰恰因为你没有底气，不够自信。

祝你从今天开始，能够眉目飞扬，笑对天上云卷云舒。

梅子老师

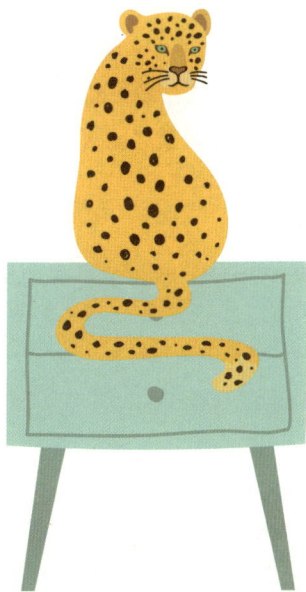

拥有一颗欢喜心

梅子：

你好！

做你的读者五年了。很喜欢你文字里的风淡云轻宁静美好，很羡慕你多姿多彩的生活，和不停地行走。常常想，你到底是个怎样的女人，才能活得如此肆意奔放？

我的生活，相较于你的来说，实在太无趣太无聊了。我有份稳定的工作，是属于小职员的那种，每个月拿着一份能维持衣食温饱的工资（仅此而已）。我每天除了上上班，不知还能干啥。日子对我来说，永远是一成不变的一副面孔，不痛不痒。

哎，我也不知要对你说些什么了，是心里有些发闷吧，也不知是什么缘由引起的，有些莫名其妙。我常这么莫名其妙地情绪低落，这个时候，我便到你的文字里寻找安慰。

谢谢你啊梅子老师，谢谢你写出那么多美好的文字，谢谢你听我胡说了这么多。

你的读者：阿若

亲爱的阿若，你好。

看完你的信我的第一反应是，你的命真好。多少人还奔波在为了一日三餐而打拼的路上，你早已衣食无忧了。这是多大的福泽和恩典，可惜你不知道。

我想起我的老祖母来。她出生于民国初年，历经战争、逃难和饥荒无数。小时我们因日日吃胡萝卜稀饭，而嘟着小嘴，一脸的不乐意。我的祖母会说，伢呀，有饭吃就该感谢老天爷了，人要知足啊。后来，我们能吃上大米饭了，饭粒掉在桌上，亦不可惜了。我的祖母一一捡拾起那些米粒，她说，一粒米七碗水，糟蹋了会遭到天打雷劈的。

一粒米七碗水，我记住了她的话。她让我对万物都存有敬畏，亦让我懂得，人要惜福。因有了爱惜，生命才有了厚度和庄重。亦因有了爱惜，也才有了欢喜心。

阿若，你欠缺的，正是一颗欢喜心啊。

你会被一朵花感动吗？那一朵，开在山涧边、乱石杂草之中，它撑着一张黄艳艳的小脸蛋，笑得眉目飞扬。抑或是，开在深秋的寂寞的林中，橘红的一朵。满目的枯败之中，它是不可言说的鲜丽。不，不，也许，它就开在你日日走过的路边。一朵蒲公英，或是一朵一年蓬，那么纤弱，又有着天真的美。想想，它该是飞奔了多少里路，才从乡下跑过来的。生命是这么倔强和鲜妍，该好好爱着才是。

你会因一朵云而停一停脚步吗？是在清晨，天上一朵云，正长成蘑菇的模样。抑或是，午后，上班的路上，玉兰花一样的云朵，开满了天空。又或是，临近黄昏的时候，天上的一朵云，像一只白色的大鸟张开翅膀。而更多的云，像海浪，它们前呼后拥着，奔向天边去了。宇宙多浩渺啊，一想到我们也是其中的一个，真是感激！

你会因春风细软，心里微微一动吗？细雨点洒落在光秃秃的柳枝上，一点一点，催生出鹅黄的柳芽。一个桃红柳绿的世界，又将如画卷一样，摊开在你的跟前。大自然里，隐藏着太多神奇，怎不叫人喜欢！

你会因孩子的蹒跚学步，而笑着相看吗？他摇摆着小胳膊小腿，带着无限的好奇和欢喜，一一去认知这个世界，如新冒出的笋。人之初，原都是这般鲜嫩，无与伦比。莫名的感动，会涨满你的心间吗？你也曾如此鲜嫩过啊。世界因这样的鲜嫩，多出多少的柔软和美好！

一对老人相携着缓缓走过，他们白发映着白发，皱纹映着皱纹。看着他们相依为命的背影，你的眼睛会湿润吗？他们一生中也许未曾有过海誓山盟，可走到人生的黄昏，还能执手相牵，已胜过世上最美的誓言。

你想过分享吗？看到好的景致，吃到好的食物，读到好的书，听到好的音乐，你都想告诉他人。冬日响晴的天，突然闻到一阵蜡梅香，你的心里跳出欢喜，你很想发信息告诉远方的一个朋友，你说，蜡梅开了。走过某个街角，看到卖竹编小物什的。你就那么愣了一愣，微笑慢慢爬上你的脸，那久远的手工艺品，让你一下子回到童年去，那时的乡下，多这样的手工艺品。你想也没想，就拨动了一个人的电话，你告诉她，你看到竹编小篮子和小筐子了。因为你知道，她甚是喜欢这些传统的手工艺品。

分享，会把一个人的快乐，变成两个人的。会把一份欢喜，变成两份的，甚至三份四份的。日子因分享，会变得格外有趣和喜乐。

你会给自己奖赏吗？因顺利做完了手头的事，而奖励自己一趟短途旅行。因认真付出，有了额外所得，而奖励自己半天闲暇时光，不谈俗事，只是发呆，和时光对坐，听风听雨听鸟鸣。因慷慨地给予他人，而给自己的善良献上一朵花。因平安健康，而奖励自己去看一场电影。爱自己也是一种能力，一种超强的能力。只有很好地爱自己，才能更好地爱他人，爱这个世界。

我们都有流泪的能力抱怨的能力，却渐渐丧失了爱的能力。

阿若，请学会爱吧。就从爱一朵花开始，爱她的含苞、盛开、芳香和凋落。当花瓣零落在地上，风吹过最后的香，她会化成养料，滋养着那方土地。来年，又将有花朵明媚。这样想着，怎不叫人感激万分！

只要你肯去爱，每一天都有春暖花开。

梅子老师

你不快乐的每一天都不是你的

梅子老师：

你好！

很喜欢你，想跟你说说心里话。

我从小就活得很不快乐，很自卑。我出生在一个贫穷的家里，从小吃穿就比别的孩子差。记得小学时，有一次学校组织去春游，每个孩子都欢天喜地的，带了一书包好吃的，什么面包啊火腿肠啊蛋糕啊，只有我，带了两个硬邦邦的馒头。那两个馒头，我是躲起来啃掉的。升上初中，第一年学校举办元旦文艺汇演，我的独唱节目被选上了。要登台，老师让准备一条红裙子。我妈却不肯拿出钱来给我买红裙子，她说，费那个钱做什么，一条裙子，够上家里半个月的伙食费了。元旦汇演那天，我佯称生病了，躲在家里哭了半天。从此后，我都没再登上过舞台。

我知道自己没什么可倚仗的，只有靠自己，所以我拼命学习。我的成绩很好，初中毕业时，以优异的成绩考上我们那儿最好的高中。高中三年，我的成绩都排在年级前10名以内（一个年级共18个班）。班主任预言我最差也能上个211。然而，在高考的时候，我不幸患上肠胃炎，勉强坚持把所有场次考完，结果可想而知，我惨遭滑铁卢，最后，只能去读三本。我的父母为此唉声叹气，在人前都抬不起头来。

大学毕业后，我想读研，家里穷却拿不出钱来。我只好出去找工作，一波三折，屡屡碰壁，最后，只找了份自己根本不喜欢的工作做。然后，父母开始催婚了，天天在我耳边念叨，什么时候结婚什么时候结婚。我连恋爱都不曾好好谈过，又结什么婚？想想人生真是无趣得很，我已生无可恋。

你的读者：凤姑娘

凤姑娘，我急于想跟你分享一首诗。这首诗，我刚刚读到，是葡萄牙诗人费尔南多·佩索阿的，诗名是《你不快乐的每一天都不是你的》：

你不快乐的每一天都不是你的：

你只是虚度了它。无论你怎么活

只要不快乐，你就没有生活过。

夕阳倒映在水塘，假如足以令你愉悦

那么爱情，美酒，或者欢笑

便也无足轻重。

幸福的人，是他从微小的事物中

汲取到快乐，每一天都不拒绝

自然的馈赠！

　　我的窗外，憋了两天的雨，终于下了。一个夏天，几乎都未曾有雨。入秋快一个月了，这雨才晃晃悠悠而来。对它哪里有怨？欢喜还来不及的。久旱逢甘霖，——人生"四喜"之一。我也就站到窗口去听雨，听它敲打在晾衣架上，滴滴答答，如弹六弦琴。楼下的植物，一律昂着头，饱吸着这顿雨水。像饥饿的婴儿，终寻到母亲的乳房。一个天地，因这场雨，都欢唱起来。这一天活着的意义，也便都在这场雨里了。

　　凤姑娘，你的生命里，也应时不时地会碰见这样的小欢喜。只是你早已放大了你的不快乐，让它们雾霾一样地，笼罩着你的整个人生。你看不见身边的美好事了，看不见这些细微的点滴的幸福，像雨水催开了花朵。

　　凤姑娘，你一句"生无可恋"，真是惊着我了。人世间，有那么多可眷可恋之事啊。比如说，等待一场雨。比如说，看一场日出。比如说，夜半时，月亮像一朵水莲花似的，开在半空中。比如说，下午三四点的光景，你路过一条河边，看到太阳揉碎的影子，像小鱼一样地，在水面上跳跃。比如说，人家的墙头上，爬满了凌霄花。比如说，吃一块新烤出的面包，享受它的醇香。比如说，你遇到一个小小孩，她伏在小母亲的肩上，她看见你，像看见花儿和云朵，眼睛滴溜溜地打量着你，然后，甜蜜地笑了。比如说，一只陌生的小狗，跟着你走了很远的路。 比如说，黄昏下，携手并肩而走的一对老人。还有费尔南多·佩索阿的"夕阳倒映在水塘" ……凤姑娘，我们活在这些微小的美好里，它们一点一滴，化成我们的血液，饱满着我们的肌肤，你却把它们给弄丢了。正如费尔南多·佩索阿所说的，"只要不快乐，你就没有生活过"。人生的最大意义，原不在别的，而在于，是否快乐。

　　凤姑娘，细数你的那些不快乐，也只是些小小的尘粒而已。在贫穷年代，大多数人都遇到过。就说我吧，也是从小家贫。念初中了，还穿着母亲改制的父亲的裤子。那时的自行车，都是有前杠的，又笨又大，我个子小，每次跨上去都如登山。一次，从学校回家的路上，跨上自行车时，裤子被自行车的脚踏给挂住了，哗啦一下，撕开一个大口子。后面的一帮小男生看见，起哄地嘲笑地叫着，追着我跑了很远。到念高中时，我夹在一帮生活富裕的城里孩子里面，那自卑恰如荒草，噌噌噌直往上蹿啊。考大学时，我因两分之差，与本科失之交臂，没念成我心仪的本科新闻系，而上了大专的师范专业。毕业分配工作时，我被分到偏僻的乡下去，放学后，满校园就剩我一个留守的。窗舍旁有池塘，风吹着芦苇，沙沙沙地，全是孤寂。

　　我感谢我生命中遇到的这些不快乐，它们教会我强大。教会我，即便山穷水尽了，也还有满天的星斗可以观赏。所以我成了现在的我，一个每天都能笑着走路的人，一个不虚度每一天光阴的人。

　　凤姑娘，人生在世，总会有这样或那样的不顺，我们要做的是，从微小的事物中，获取感受快乐的能力。把你愁苦的时间，用来发现生活中那些细微的美好，当你再看到"夕阳倒映在水塘"时，你也就能感受到发自内心的愉悦了。当你愉悦了，看世界的眼光就会有所不同，人会变得积极而努力，好运将随之而来。

　　诗人说，你不快乐的每一天都不是你的。诗人又说，每一天都不拒绝，自然的馈赠。世界的模样，取决于你凝视它的目光。凤姑娘，愿你能握住你的每一天。

梅子老师

12年零5个月

梅子姐姐：

　　您好！

　　请宽恕我时隔这么久，又再度给您写信了。这封信迟来12年（具体地说12年零5个月），也不知道这个邮箱是否还在用。此时略有些忐忑不安呢！或许您也早就不记得远去的曾经有一个上大三的小妹，因着对未来迷茫，而向你写信求助来着吧……连我自己也不知道一晃而过的时光，就是十几年了！太令人震惊了。

　　我最近时常想到你，也不知道为了什么，可能是因为若干年前种下的那颗种子在慵懒地发芽吧。是在尘封很久以后的那份温暖，终于等到了合适的土壤吧……

　　简单地讲一讲这些年的经历。

　　给你写信的第二年，决心成为一个非常厉害的设计师，我考了本校研究生。本以为这是一个很好的开始，但仍度过了一段很久的非常迷茫而恐惧的日子，也会因思念失去的男孩子而闷闷不乐——想工作的我最终考研，想考研的他最终选择工作。也就那样错过了。

　　三年后我毕业了，来到北京，一直待到现在。从事着旅游策划和城市规划方面的工作。中途换过几次工作。第一份在一个大学老师开的公司，做了三年。第二份只做了一年。第三份工作是当时业内比较有名的上市公司，因为薪资差不多翻倍，我毅然跳槽去了那里，直到工作的第六年才攒下了第一桶金，并为父母在老家的城市买了房子。

可是好景不长，公司因为资金链断裂大规模欠薪裁员，舆论上闹得沸沸扬扬，股价跌底。经历了一段轮岗颠沛流离且昏暗的日子后，我也离开了。之后的四个月我尝试过创业、考证书，最后没有耐住现实的压力，还是去了另外一家单位上班。规模不大，工作内容简单，也是手到擒来。周末不加班，因此我有许多业余的时间，我开始对街舞感兴趣，并且厚着脸皮成为舞社的众多姑娘小伙中，可能是唯一年龄30+的学员。看着那些年轻的脸庞，丑也好俊也罢，有朝气在，感到年轻真的很好。我年轻时也能这样就好了。我在补偿自己。现在才懂了你说的"青春是一颗蓬勃的树，你还有青春"的深刻含义，只可惜那时候傻傻的不懂。青春这条河只有蹚过去，才知道原来是这么回事儿。

我至今没有结婚，甚至在感情上一直是空白，从懂事起我没有真正地交过一个男朋友。我喜欢的，和喜欢过我的男孩，慢慢地成长为男人、丈夫、父亲，但那与我始终都没有关系。父母催婚无果已经心碎放弃，放任我自由流浪。阳光好的时候，我觉得人生就这样也不错；遇到困难时，我也后悔为什么不找个男人，至少肯有人为我打打气。再多困苦的日子，也就这样倔强地过到了现在。在一方小茧中，编织自己的美丽童话。洪涛巨浪中，只想保一方无虞，且偷浮生。

疫情这段时间，可以不去公司，我一直待在家里。最初，感到疲惫、恐慌、空虚、烦躁，后来我开始读书，一本一本地买，中外名著、当代作家、畅销书，我看了太宰治、芥川龙之介、东野圭吾、毛姆、萧红、老舍，看《百年孤独》

《霍乱时期的爱情》、《三体》系列、《月亮与六便士》；不顾一切抓住什么就看什么。渐渐地感到心实了，并且真切地感受到了被搁置十几年的梦想了。如果有一天，人都将死去，我到底为这世界留下些什么？肯定不是我画的那些图，做过的那些项目，那都不是我的成就。唯一的梦想，是拾起春华的笔，在即将过半的时光中绘出颜色，为我，为自己，留下些什么吧。

当然我知道这很艰难，所以打算用余生的时光慢慢地去培养、呵护。只要在老死之前，能留下那么一点点，也就足够了。我相信印度的"三世生轮回说"，这辈子做不完的事，下辈子接着做。这本来是该悄悄地做的事——人真的要做什么事，成功之前总不好去宣扬，但是我愿意与你分享，也希望你能给我一些力量。北漂的路不容易，我既不能离去，又无法安定。谁也不知道未来还会发生什么。但在这一刻，5月12日的晚上21点08分，我认定完成儿时的梦想是我未来最想做的事。

讲了好多，都是我在说，也不知道梅子姐姐如今怎么样，身体可好？家人可好？学生可好？希望你一切都好。再次感谢你那时的关切和回信，对我的指点和鼓励，你文采斐然至今读起来也如沐春风。希望你一切一切一切都好，开心幸福。

PS：诶？突然惊奇地发现，这是不是现实版的"解忧杂货铺"呢？！

from 就算历经生活困苦还是找到初心的小妹

小妹：

　　你好！

　　读完你的信，我的眼眶湿润了，隔了 12 年零 5 个月，你还记得通向我的路。无数花开花落的兜兜转转，你我都还安好着，足以感谢。

　　我站起身，给自己倒了杯白开水。好些年了，我不喝茶，只喝白开水。简洁，清爽，是水的原味。一如我对人生的态度吧。

　　我又把你的信从头到尾看了一遍，像看一棵小树，在时光的磨砺中，一段一段生长，终长得枝叶葱茏起来。我看得感动不已。一路的风你吹过了，一路的雨你淋过了，悲欢忧喜，你都尝过了，现在往回收了，回到内心做自己，真好。我一直觉得，一个人不管走多久，走多远，最终，都要回来做自己的。有的人会自觉去做，有的人却糊涂一世。你是那个自觉的，真为你高兴。

　　疫情期间，多少人焦躁不安，而你能静下心来，读了那么多的书，实在是明智之举。毛姆说过，阅读是一座随身携带的避难所。想来你是深有体会的吧？那么，继续把阅读坚持下去吧，你拥有的"财富"将会越来越多，你将不忧不惧，活得坦然从容。

　　现在，你重拾梦想，找回初心，我简直要跑去拥抱你了。多少人汲汲营营，拼命奔跑，跑着跑着，就弄丢了一颗初心，他们最后获得了名利又如何？只剩一个光鲜的空壳子罢了。你没有，你懂得及时止步，反思自己，能够思考我们人为什么而活，生活就变得有意义起来。谢谢你与我分享这些，我喜悦着你的喜悦，就让我陪着你，或是见证你，一路走下去好吗？管它能做多少呢，我们做着就是了，也许有一天梦想能实现，也许不能，那都不要紧。到生命的最后，倘若能无愧地对自己说一句，这辈子我没有白活。那就是最大的福报了。

北漂的路不好走，你肯定还得忍受一些孤单，一些沮丧，一些寂寞，一些迷茫，但我相信，你会很快调节好自己的，因为，你有梦想支撑着呀。愿你能时常给梦想的这盏灯添添油，让它一直旺旺地燃着。

同时我也希望，你能试着谈谈爱情，论论婚姻。我以过来人的经验告诉你，遇上对的人在一起，真是件十分十分幸福和好玩的事。一个人的快乐，会变成两个人的。那个人在的地方，就是你心安的地方。所以，对看对眼的可爱的男人，你千万别放过，勇敢一些，大胆去追吧。你这么好的姑娘，没有一个好男人爱着，对这人世间也是一大损失嘛。这世间会因你的一份爱情和婚姻，而多出一份美好来的。

我的一切都挺好的，除了年纪又长了 10 多岁，脸上添了些色斑以外。心态嘛，还留在可爱的 18 岁。我以为，人老的不是容颜，而是心态，即使活到80 岁了，我还是个少女。你说是不是？

最后，我想跟你分享我写在一本书里的话：

我不执着于过去，也不幻想于未来，我只管走好脚下的路，走着走着，花就开了。

嗯，对我来说，把每一个今天爱过，就很好很好了。祝你平安，一切顺遂！

你永远的梅子姐姐

慢下来，等等自己的灵魂

丁立梅老师：

您好！

严格意义上来说，我不算您的读者。不过，我每隔一段时间会看下您的微博，是您的崇拜者。看您的人和文字，有幸福感染着我，人应该像您这么活着，做有情怀的事，做一个幸福如画的人。这种美好不会随着年龄逝去，而会使自己变得越发强大，精神的感染力是无尽的。

只是，我一件也没有做到。在这世上太难了，大家都在赚钱，我生怕慢了，没有一天停下来好好地生活过。如果有一天生命结束了，我大概只会苦笑两声，情怀和信念的空白，让我对死亡充满恐惧。

赖宝

赖宝，几天前，我刚参加完一个文友的葬礼。

那是阳光晴和的一天。路边，大把大把的紫薇花，在开着。百日菊和太阳花，也都开得很好。还遇到一地的藕花。我身边有人瞅一眼，轻声说，莲藕快上市了哎。这是活着。这么的真切、缤纷，能看到颜色，能听到声音，能尝到味道，能对明天有所期待。

一切，却在一个地方止息。那个地方，是殡仪馆。里面也筑有小桥亭台，小径通幽，花树掩映。如果气氛不是那么肃穆，真让人疑心是到了某个疗养院。我看着人群如鱼样的，从一个敞开的大门贯穿进去，那里，躺着我的文友。

告别仪式很快结束。出得门来，小白花扔了一地，阳光亮得晃人的眼。一个曾经鲜活的人，他化成灰了。我很恍惚。想他曾也眼眸灼灼，野心无数。他写小说写剧本，梦想着能拍成热门电视剧，梦想着能赚大钱。为此，他赌上了他整个的人生，眼里心里除了创作，再无其他。一日三餐凑合着吃。一年四季的衣衫，凑合着穿。人走出去，邋遢憔悴得不成样。妻子无法忍受他，早早与他分了手。他唯一的儿子，因他疏于管理，染上毒瘾，进了戒毒所。他是突发心肌梗死而终。我设想着，在他死前，意识尚在，他预感到生命要结束了，他恐惧了吗？后悔了吗？他会想起多少遗憾的事啊，妻子的，儿子的，他自己的。如果他不是那么执着于一定要"功成名就"，他的生活，肯定会是另一番样子。

赖宝，我们总是那么急急地走，慌慌地赶，总感觉来不及啊，再不赶路，就晚了，钱被人赚去了，名被人占去了。这么紧赶着，运气好的话，能抢得一点名和利。然这时你却发觉，你并不快乐，甚至是茫然的。因为，你在紧赶的路上，早把灵魂给弄丢了。也有另一种可能，你一辈子都在追着那镜中花水中月，到头来，还是两手空空，却赌上了自己的幸福和自由，没有一天真正生活过。就像你说的："如果有一天生命结束了，我大概只会苦笑两声，情怀和信念的空白，让我对死亡充满恐惧。"

　　既如此，为何不慢下来，等等自己的灵魂？我有高中同学，曾是做外贸生意的，整天忙得脚不沾地，资产上千万。偶尔同学聚餐，他也是电话不断，一顿饭难得有消停。问过他，要那么多钱干吗？他的回答叫人无语，他说，别人都在赚啊，停不下来啊。后来，一次外出途中，他突遇重大车祸，一车六个人，仅存他一人。车祸发生时，他脑子里蹦出的是，我要死了。心里面有一个声音在大叫，我不要死，不要！我还有很多的事没有做呢。他想着，要陪着老婆孩子去西藏的。他想着，早就答应父母，要陪他们坐一趟游轮，看看三峡的。他想着，要养一只小狗，他那么喜欢狗。他想着，要画点小画的，他从小就喜欢画画。他想得悲伤绝望，在心里祷告，上帝啊，哪怕再给我一天时间，这一天，我一定把时间还给自己，哪怕什么也不做，就用来发呆晒太阳，也是幸福的。想着想着，眼泪不知不觉糊了一脸，他不自知。

　　他很幸运，只受了点皮外伤。伤好后，他把公司转手给了他人，去了乡下老宅，养小猫小狗，种地，画画儿，穿布衣布衫，过简朴的日子。偶尔想走世界，背起包也就走了。从前走得那么快，自以为拥有了全世界，却把灵魂走丢了。现在，他彻底地慢下来，跟着灵魂的节奏行走。同学再聚，他精神最是饱满。他说了一句话，令我非常感慨，他说，即便我现在突然死去，我也无憾了，因为，我为自己活过。

　　赖宝，留点时间给自己，等等灵魂，爱想爱的人，看想看的景。只有灵魂丰盈了，人这一生，才不算辜负。

梅子老师

我把今天爱过了

梅子老师：

　　您好！

　　我是您的读者，从小学六年级，我就读您的文章，可以这么说，我是在您的文字的陪伴下长大的。谢谢您。

　　我现在读高三了，却越来越不开心，心里总像被什么压得沉沉的，想哭，却哭不出。想挣脱，却无法挣脱。

　　我想问您一个问题，您有没有想过要回到过去？当您意识到再也回不去了，您会怎么办？

您的读者：欣欣

欣欣你好。

收到你这封信时，我正走在深秋的天空下，去寻找漂亮的叶子。

其实根本用不着寻找，这个时候的天空下，到处游荡着漂亮的叶子。我捡各色各样的叶子：有爬满皱纹的梧桐叶；有生着可爱雀斑的海棠叶；有珊瑚一般红的紫薇叶；有像金色小扇子的银杏叶……哪怕随便一枚草叶子也是好看的，一捧温柔的土黄色。秋天做得最漂亮的事，就是让万物各归其位，带着一生的荣光。

我把捡来的叶子，夹到我的书里，夹到我的笔记本里。我等于收藏了这个秋天了。我知道明年的秋天，还会有各种各样漂亮的叶子，但它们不会是今年的这一些了。每一个经过的今天，都将成为往昔。而每一个往昔，都不可能再重新来过。

所以我从没想过要回到过去，尽管那里有我的年轻青嫩，有我的无忧无虑，有我的貌美如花。然它再好也是过去的事了，它不属于我了，它只属于记忆。我偶尔会回忆一把，但绝对不会在上面停留太多时间，因为我的时间太宝贵了，我要用来爱今天。爱关乎着我的一呼一吸的今天，爱有叶子红着黄着的当下，有木芙蓉花还在开着的当下。我把今天爱过了——每一个被我爱过的今天，才是我真正的人生。

欣欣，我不知道压在你心头的到底是什么。也许是情感上的事情，也许是学业上的事情，也许是对明天的恐惧和迷茫。无论是什么事情，咱不要逃避它好吗？如果是情感上的事情，若不能继续，就丢开吧。天涯大着呢，芳草多得会迷花你的眼。如果是学业上的事情，咱只要尽心尽力就成。不然又能怎样？樟树做不成榕树。同样，榕树也成不了樟树。每个人做好自己就很好了。至于明天你会怎样，那是到了明天你才会知道的事，何苦在今天去愁？再说，愁也愁不来呀。我想，倘若你把今天的路走好了，你的明天，断不会差到哪儿去。

欣欣，真正属于你的东西只有今天。我好希望在不久之后的某一天，会听到你对我说，梅子老师，我好开心，我也把今天爱过了。

梅子老师

练就一颗平和心

梅，不好意思，我又来麻烦你了。

今天我想跟你倾吐下我的烦恼。我嘛，曾经也是个胸怀大志的女文青，当年我可是凭着一叠发表的文章，才应聘到现在的单位的。然而结婚后，我整天的中心就是围绕着老公和娃娃转了。我整个人变得俗不可耐，还要应付一份工作，每天活得很机械很麻木。这很可怕。我那可爱的文青梦呢！看你每天都那么从容地读书、写作、生活，真是羡慕得不得了。我做不到了，偶尔捡起一本书来，想好好看看，困意立即袭上来。睡醒了又懊恼不已，时间啊，我的大好年华啊，真不甘。偶尔铺开纸张，想写点什么，但脑中却空空如也。亲爱的梅，你是怎么做到那么气定神闲的？难道你没有家庭拖累、工作拖累，不需要应付各种各样的应酬吗？梅，你说我该怎样做改变？再这样下去，我怕是要疯了。

爱你的晴格格

格格，看你的信，我笑了。嗯，每每看到你的信，我总是要笑。我的眼前晃着一个穿着白裙子，扎着麻花辫的姑娘，她站在一片绿色的田野上，旁边站着她的小娃娃。要多美好有多美好。可惜，这个姑娘她自己不知道。

　　的确，生活是烦琐的，我们不得不在其中穿梭，于千头万绪中，理顺一条路，好让自己好走。这是最能磨炼我们心性的一件事呢。如果我们心烦气躁，那本来就烦琐的事情，会变得更烦琐，我们眼里见到的，耳里听到的，心里所感受到的，都是琐碎的烦和恼了。最后，你会越来越受不了了，原本存在的美好，也被你忽略不见了。似乎生活处处都是荆棘都是麻烦，而你昔日的抱负，早已成零落的花瓣，委身地上。最后化成泥土，连尸迹都难寻觅。

　　然如果，我们心平气和呢？纵是一团乱麻摆在你跟前，它总有个头，有个尾，只要我们静下心来，理出它的头，慢慢儿也就能理顺了。慢慢儿地，原本烦琐的事儿，都变得不再烦琐，反而成为一种享受。对，就是这样的，你要怀着美好的心情来对待一切，那么，你觉得有负担的一些事，就会变得顺畅多了，你渐渐地，会爱上这样的生活的。

　　我也有家庭，有工作，有时也有一些应酬啥的，但我从没觉得那些是拖累。我做家务，我把那当作是休闲，而不是繁重任务。我一边听音乐一边做。我一边背宋词一边做。或者，做一会儿，我就跑到窗口去看看外面的天空，天空总能带给我惊喜，那些变幻的云朵，是这世上最有本领的魔术师。我也养了很多盆植物，每日里跟它们厮混一会儿，眼睛都是澄澈的。这样的家多好啊，我爱。我不喜太长时间外出，时间长了，我会很想家。

　　做饭在我来看，也是很有成就的一件事。看着不同的食材，在我的手底下，变出一盘盘佳肴来，那成就感，真的不亚于写出一篇好文章呢。我偶尔也玩玩小点心，把面粉调拌调拌，做出蛋糕来，做出米糕来，犒赏自己和家人。

带娃娃我也没觉得是负累。就像看着一棵植物生长一样，总能发现很多有趣的，愉悦心情。他会走路了。他会说一个单词了。他会说一句完整的话了。和孩子待在一起，能让人变得柔软。和他们对话，就是和天使对话。有些稚言稚语，孩子脱口而出，就是诗，那是从天真里长出来的，从童稚里长出来的，再伟大的诗人也写不出来。

对了，我还爱绣十字绣。每日绣上两行，看枝叶花朵，在我的一针一线中，鲜活起来。这等快乐，也是千金难买的。

至于工作，我努力做好就是。也只把它们看作是植物，这里长叶，那里开花，这也是很有意思的。而我最喜欢的是下班路上，不要那么忙着赶路（迟一会儿天掉不下来的），一路走，一路看着路边的树木花草，还有人家。在凡俗那热气腾腾的生活之中，想象人生的种种可能性。那些可能性，有时，都会成为我手底下的文字。

格格，带着这样快乐的心情，我们再去读书、写作，焉有不顺利的？那也只不过是换了一种休闲方式而已。当然，读书和写作，是件相当寂寞的事，你还得耐得住寂寞才行。在这个纷繁复杂的人世间，我们要炼就的，是一颗平和心，既耐得住繁华喧闹，也守得了清静孤独。到那时，你方能在自己的心里修篱种菊，面对琐碎杂乱，从容不迫，游刃有余。

你的朋友梅子

好好活着，才是王道

我在一个学校做讲座，讲座完了后，一个小男孩揣着与他年纪不相称的忧伤，走到我跟前，问了我一个很沉重的问题。回家后，我给他写了一封信，托他的老师转交给他。

——题记

亲爱的宝贝，你好。

圆脸，鼓鼓的额，眼睛晶亮，这样的你，多像一颗饱满的果实，往我跟前一站，我只觉得眼前亮晶晶一片。

我被你的同学围着，他们如喳喳欢叫的小鸟，拿着笔记本，争着要我的签名。你在嘈杂之外安静地等，终于，一切都静了，你走过来，看着我，认真问，梅子老师，我可以问你一个问题吗？

我被你的"严肃"逗乐了，我说当然可以。

我没有预料到，你会问出那样的问题。你问，如果觉得活不下去了，该怎么办？

宝贝，请原谅我，我有一刻，思维彻底停顿，我是被你给惊到了。

谁会把你跟"活不下去"这么冷酷的问题联系在一起？不，不，绝对不会。十三四岁的少年，看起来是多么葱茏蓬勃，结实欢脱，人生的路比南海的海岸线还要长，多少远航的梦在等着你去做的。

然你绝不像是在开玩笑，或一时冲动，你的眼中，闪着泪光，想你应该被这个问题纠缠了很久。

我抱抱你，伸手轻轻抚平你微皱的眉头，我说，宝贝，当你冒出"活不下去了"这个念头时，说明你身体里的能量少了，你饥饿了，你疲惫了，你丧失了兴趣，那么，不要怕，我们来补充能量好了。

我不知道你的生活里到底遇到了什么，或许是学习上的，或许是家里的，或许是别的什么，——这些，我们暂且都抛开吧，就让自己任性一回，去吃一顿好吃的好吗？唔，想想这世上还有美食在，多么叫人留恋。去买一个喜欢的小礼物送给自己吧，哪怕是一支笔，一张小贴画。这世上同样让人留恋的，就是有喜欢的东西在。去对着天空发发呆吧。天空的舞台上，白天有云朵，晚上有星星，你方唱罢我登场，真是热闹非凡。有这样的天空可看，也是很叫人不舍的。去睡一个美美的觉吧，等你醒来，你会发现，结果并不是你想的那么糟糕，地球并没有发生爆炸，太阳又重新升了起来，而你的身上，又变得能量满满的了。

因你要去上课，我来不及对你再多说什么。你也还有些话要说，但你的老师在礼堂外催你走，你只好礼貌地对我点点头，道一声，谢谢梅子老师。

便匆匆跑了。我冲着你的背影叮嘱你，宝贝，如果你还有什么话要说，可以给我的信箱写邮件，我会一直在的。你远远答应一声，好。

好几天了，我没有看到你的邮件，想来你的心结，该是解开了些。但我仍有些不放心，想要跟你再多唠叨几句。从前，在我的乡下，每当苦寒之中的乡人们，有了想不开的念头，村子里的老人们就出来劝解了，他们唠唠叨叨，反复说着这么一句，好死不如赖活。那时我很懵懂，并不知其中深意。如今想来，这真真是人世间最明亮的话语。谁能望得见后来呢？也许走着走着，在下一个拐角处，就能遇见美好。倘若没有赖活，哪会有日后的苦尽甘来？所以宝贝，不管在你的人生路上遇到什么难题，你都要抱着一条信念，好死不如赖活。好好活着，才是王道。你只需等一等，再等一等，也许就柳暗花明了。

宝贝，不要跟你无法解决的麻烦去较劲。那些麻烦，就让它们自个儿地麻烦着好了，时间会帮你解决了它们的。你现在，只要管好你自己，好好爱自己，爱你所能拥有的一切。我还特别建议你，热爱读书吧，读书可以帮你疗伤，读书可以使你重新获得自信和力量。

最后，我要特别特别叮嘱你，在你最难受最孤独的时候，千万不要一个人憋着，告诉你的亲人吧，告诉你信任的老师吧，告诉你信任的同学吧。有什么难题，让我们大家和你一起面对好吗？一个人走路很无助，但大家一起走路，可以相互取暖。

　　　　　　　　　　　　　　　　　　　　　　　梅子老师

别把自己弄丢了

梅子老师：

您好！

我是追随您多年的读者了。

可能因为性格懦弱，也可能是不够自信，我很难开口对别人说不。明明有些事情我不想做，明明有些场合我不想去，明明有些东西我很不喜欢，明明有些人我心里面很拒绝，但我就是做不到说不。您说我该怎么办？

您的读者：沁瑶

——梅子，有空吗？我来了几个朋友，他们想见见你。

我很想说我没空啊，因为我手头正忙。然我还是答应道，好啊。

——梅子，我有个朋友的孩子特别喜欢读你的书，你签上你的大名，给她送一本呗。

我想说，不，我手头还真没书可送。但说出口的却是，好吧，等我得空了买来签送。

——梅子，下午有个座谈会，你准备一下，在会上发个言。

我心想着，什么破座谈会，无非一帮所谓文人墨客互相吹捧。但我不能这么说啊，我于是很好脾气地笑，能不能请个假？我有事呢。

那边不乐意了，说，谁没个事啊，你就别拿架子了，大家等着听你的发言呢。

哦，好的。我把不快自个儿吞了。

——梅子，晚上一起吃个饭吧，就文友圈子里的几个人，大家好些天没聚了，热闹一下呗，给我个面子啊，你可千万不要说没空啊。

好吧，退路都帮我堵住了，我还能说什么。

——梅子，明天有个集体活动。哈哈哈，你知道的，也就是玩玩喝喝啦，去吧，你不去，大家会失望的。

我说，好啊。

——梅子，你能否帮我的新书写个序？多少字你随意，以你的影响力，帮帮兄弟我好吗？

高帽子都给我戴上了，且语气如此诚恳，容不得我有丝毫犹豫，我说，好啊，荣幸之至。

——梅子，我家孩子别的学科都还好，就作文不好，你抽个空帮忙辅导一下好不？拜托亲爱的了！

可是亲爱的，我没空啊，——我好想这么说，但我说不出口。我听到我很不争气很虚伪地说，好的，没问题，你把孩子送过来吧。

曾经，我是这么"好说话"的人，我怕得罪人。我怕人说我清高不合群。我怕大家都是白的，独独我做了黑的。我怕被孤立。我来者不拒，赶赴着一场又一场的"约会"，出席一场又一场的活动，揽下无数额外的活计——帮人写序写推荐，替人摇旗呐喊，帮若干的认识不认识的小孩子改作文……赢得一个"此人很好相处"的"好名声"。我为此一次次违背自己的心愿，牺牲掉自己的健康、时间，还有好心情，我把自己弄丢了。

我到底累倒了，不得不住进医院做了一个手术。我躺在病床上，伤口的疼痛，成了我感知这个世界的唯一。我终于明白，人首先要为自己活着。病好之后，我回绝掉一个一个的宴请和活动。我安静在自己的小天地里，读点书，写点字，画点小画，和花草们厮混。兴致来了，我还会诸事皆抛下，做只闲云野鹤去远足。我的双颊，日益红润。我的心灵，日益饱满。我自然为此得罪了不少人，让他们很不待见我，骂我清高，说我狂妄，说我脾气古怪。好吧，我就清高了，我就狂妄了，我就脾气古怪了，关卿何事？你们说我好，我不会多长一块肉。你们说我坏，我不会掉下一块肉。我不想做的事，不想见的人，我统统可以说，NO！

这个世界没有因我的拒绝而发生一点点变化，花还在开，叶还在绿，月还在升，日还在落。我反倒赢得了时间，读了不少好书，写了不少好文章，看了不少好风景，活得自在又逍遥。

沁瑶，你现在的苦恼，跟我当年的如出一辙。我也不好让你放弃什么，选择什么。生活是你自己的，该走怎样的路，你应该听听心的意愿。只是啊，我想告诉亲爱的，不要被生活五花大绑，一再把自己弄丢。到头来，赔了时间，赔了精力，赔了心情，在表面的"一团和睦"里，郁郁寡欢。

梅子老师

先喝下眼前这杯"苦茶"

梅子老师：

　　您好！

　　特别喜欢您的书《等待绽放》，喜欢你们的家庭氛围，还有您对一个孩子的理解和您总在他迷茫时正确地指导、鼓励。我不知道是不是每个高中生都一样，我想变好，但我无从下手，自己不会的好多，还要学的也好多。每次就算是补课，没达到期望值，都喜欢说，花这么多钱就这样，还不如不补。很多时候我都很压抑，我想玩，但我不敢，因为玩过之后成绩下降，不管什么原因，都会被揪出来说，会被骂得更惨。我知道玩手机不好，但每看到那么多作业，一点想写的欲望都没有，宁愿发呆，都不想写作业。高中的迷茫打得我措手不及，我现在真是一点办法都没有，都不知道自己该做什么，该怎么学。

　　其实手机对我产生诱惑的原因是我平常接触不到（碰都不能碰的那种），真给我了，我也不知道干什么。他们总是对我期望很高，觉得我最起码能上211。可是现在对我来说是很难的。很多时候，比起责备更怕他们当我面对我说失望。我也曾满怀希望，我喜欢厦门大学，但我考不上。我喜欢英语，但我英语并不特别好，尤其口语。我不喜欢理科，可我还得在高一时就必须选择学理科。想变强，但连计划表都不会做，就像高一欠的债多了还不清。满腔热血，现在什么都做不好。好想有能像老师一样的家长，能在长大的路上告诉我该怎么做。

您的读者

宝贝，你好。

这会儿你在做什么呢？发呆？胡思乱想？还是做了一道习题，背了一篇古文？

人都是有惰性的，如果有机会躺平，我想，绝大多数人都会选择躺平的吧。可是，人又是有理智的，知道此刻的躺平，换来的将是将来无穷无尽的艰难困苦。所以，有些人又会警惕地起身，继续努力，朝着梦想奔去。

我想到了白族人的三道茶，一为苦茶，二为甜茶，三为回味茶。三道茶里，隐藏着的是智慧人生，先苦后甜，然后才有回味袅袅。为了能在将来尝到"甜茶"，为了能在将来回望一生的时候，有着回味袅袅，了无遗憾，好多人选择先喝下眼前的"苦茶"。

高中的学习，对你来说，就是杯"苦茶"，一点一点喝下眼前的这杯"苦茶"，你才有机会在将来饮上"甜茶"，找到安身立命的依傍。当然，你也可以把这杯"苦茶"倒掉，等着你的，只能是更糟糕的人生。

宝贝,忍耐一下,再忍耐一下,压制住心头那只想玩的小兽吧,让它安静些,再安静些。每天给自己列些小计划,学科就这么几科,语、数、英、物、化、生(地),你按自己的实际水平来均衡时间,功底比较扎实的学科,就少分配些任务,功底薄弱的,就多加强练习。温习书本是基础(搞题海战不可取,要有针对性,把书本知识嚼透嚼烂是提高学习成绩的不二法门),直到自己能熟练掌握每个章节所讲的内容。每天规定自己必须温习多少公式多少题目,背下多少单词几段课文。完成了奖励自己一下,听听音乐,看点闲书,吃点好吃的,出去溜达一圈……要实现这个不难,难的是坚持下去,这就取决于你的意志力了。可以参照我写的《等待绽放》里王潇同学的做法,每天早上在墙上贴上一张列着当天计划的小纸条,晚上的时候,对照着上面的一一检查,全部完成了,送自己一颗小星星。

父母对你有意见,我猜想,大多是因你给他们造成松懈了学习的表象。你不必过于计较父母的态度,学习是你的事,不是父母的事,咱暗暗蓄把力好不好?这也是不给自己将来懊恼的机会。

高一时成绩落下了,留下些空白,不要紧,咱现在追赶就是了。王潇当年到高二下学期才醒悟过来呢,他还不是一路追赶上去了?不要给自己找任何借口放弃,行动起来,努力,再努力,"昨日之日不可追,今日之日须臾期",时不你待,别再白白浪费了。

梅子老师

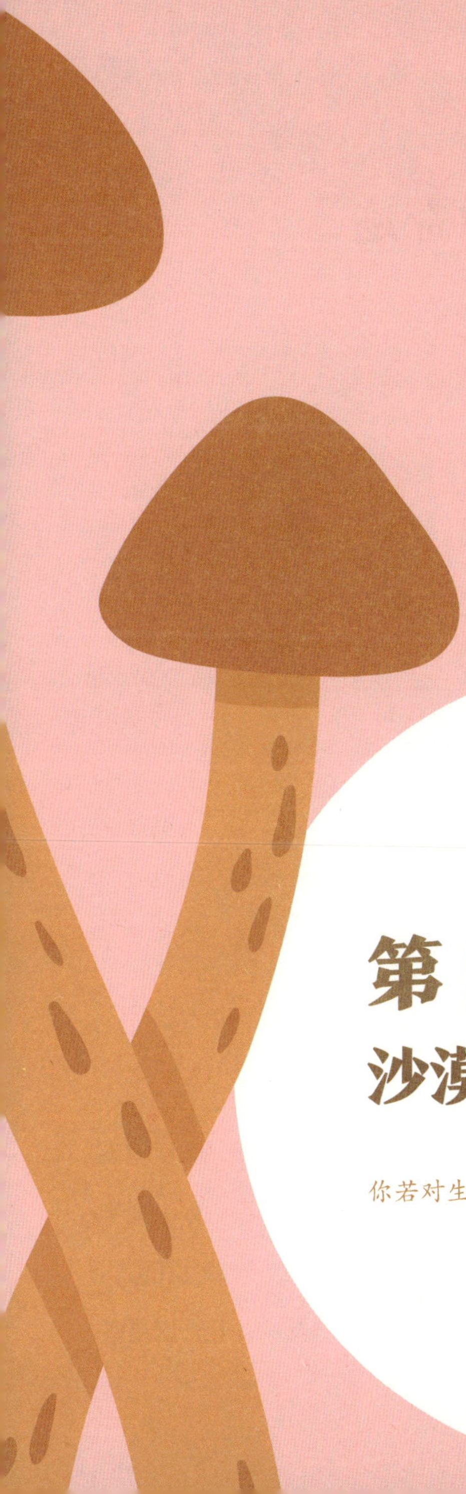

第四辑

沙漠里也有玫瑰开

你若对生活报以微笑，生活回报你的，必将美好。

斑竹海棠的奇迹

梅子老师：

　　您好！

　　因为我没有考上高中，上了高职，我妈妈就看不起我，说我这说我那。我知道是我没用，可是我感觉妈妈现在越来越嫌弃我了，恨不得没有我这个女儿！我该怎么办，我也想好好学，可是被我妈妈说得没有信心了，觉得自己一无是处。

　　求梅子老师给我理理思路！

您的读者

　　宝贝，抱抱。你受委屈了。

　　我刚给阳台上一盆斑竹海棠浇了水。斑竹海棠真是好养得很，随便剪下一枝来，栽进土里，或插在水里，它都能活活泼泼蓬勃了给你看。你十天半个月不理它也不要紧，它兀自勤勉着，皮实得很。直到它开花，一撮儿花蕾，累累的，如小心脏般地垂着，如小果实般地垂着，你陡然发觉，哇，这是多么绚丽而华美的生命啊！

你看，命运没有让它做牡丹，而是做了斑竹海棠，得不到人们的祝福和赞美，也从不曾享受过丁点优待，它一样创造出属于自己的奇迹。

是，在俗世的眼光中，高职不如高中，就像斑竹海棠比不过牡丹的出生。可只要勤勉，只要肯学习，肯钻研，无论在哪个行业里，都能有所建树。所以宝贝，你要从你自身起，就不要轻视高职，不要瞧不起自己，说出什么自己没用的话来。不同的境遇和环境里，都会遇到一个最好的自己。

什么叫有用？都涌去名牌大学都出国留学才叫有用？那里面也有不少"烂果子"呢，出来后根本适应不了这个社会，他们除了死读书，别无其他特长，他们的人生，很难再发芽和蓬勃成长了。——这么看来，上了名牌大学也未必等于有用。

我以为，真正的有用，是能做对自己的人生有益处的事；是能做对他人有益处的事；是能做对这个世界有益处的事。在学习上比别人落后一步两步，并不代表你在其他方面的能力就等于零啊。这点自信，我希望你要有。甩甩头，把昨日的不快全甩到脑后去，从今天开始，明确高职的目标，在高职的汪洋里，通过勤奋，通过一心一意的钻研和学习，激荡出属于你的浪花来。当你结束高职学习，如一条鲤鱼一跃而起，你还怕你妈或别的什么人瞧不起你吗？

宝贝，现在所有的辩白都是废话，你用你的行动证明就是了。

梅子老师

沙漠里也有玫瑰开

梅子：

你好，我看过你很多文字，博客、微博里的，书里的。

我们同是老师，同是文字爱好者，可我没你那样幸福，没能从细小的事物中找到内心的快乐。

你的文字，给我感觉是"草芥生花"。你有幸福的家庭生活，你有开心的人生旅途，你的工作也是美丽的，幸福的。

可以了，足够了，一个女人活到这个份儿上，真的，很幸运，很荣光。

⋯⋯⋯⋯⋯

我感兴趣的是，你真的如你所展示的那样幸福吗？你的日常生活怎么就那样滋润美好？每次看你的文字，我都十分羡慕，羡慕你可以这样一如既往地写东西，可以坚持初心和坚持自己对生活的看法。

你的生活应该也是一帆风顺的，从学校到学校。都说顺利的人，往往不够丰厚，不够定力，可你那么坚定地朝着美好走下去。是什么给你动力？——爱情？工作？文字？还是心里强行生成的彩虹？

我很想知道。

一个仰慕你的同行

不知怎么称呼你，我就叫你生花老师吧。

你好，生花老师。很高兴你从我的文字里，看到 "草芥生花"。生活虽有着太多寻常，但我一直努力地，让我的每个日子，都能生出花来。

你说我很幸运，很荣光。我拥有幸福的家庭、美满的生活，还能不断行走，在行走中，收纳和捡拾风景无限。你由此断定，我的生活一定是"一帆风顺"。

这你说对了。我从来不曾认为我是个倒霉的人，即便在出现挫折，路遇艰难时。我们绝大多数人的生活，不都是一帆风顺的么？——没有天灾人祸，没有杀戮和仇恨，没有战争、逃难和死亡，我以为就是大幸运。

也许你会说，不，我们有多多的烦恼，淹没掉我们的生命，细小的事物，已很难激起我们的快乐了。——这只能说，是你们感受生活的能力降低了，怨不了生活本身。日月星辰，就是日月星辰，它们就在那里，没有对谁多照耀一点，也没有对谁少照耀一点。山川河流，就是山川河流，它们就在那里，没有因谁丰腴，也没有因谁消瘦。天空和大地，多么公平，一样的阳光，照着你，也照着我。一样的细雨，润泽着你，也润泽着我。一样的花红柳绿，温暖了你，也温暖了我。你说，谁比谁更走运？

人世间有苦难千种万种，但每一种苦难的前头，都有着更大的苦难。就像我摔了跤，伤了膝盖，肿疼了好些天。我却庆幸着，比起那个摔断了腿的，还有那个摔破了脸的，还有那个摔破了头的，我不知要幸运多少倍呢。苦难的降临，是为了避开更大的苦难，——这么一想，你正承受的那点小烦恼，又算得了什么？害耳疾的，胜过害眼疾的；害眼疾的，胜过断了腿的；断了腿的，胜过半身不遂的；半身不遂的，胜过得了绝症的……这世上，总有更坏的结局存在。而你拥有的，永远不是那个最坏的。所以，庆幸，释然，而后，自我满足。

　　花朵的明媚和鲜妍，常常让我们忽略掉它背后付出的努力。它也是一样经受了风雨侵蚀，经历了漫长的准备——抽枝、长叶、含苞，忍受了绽放的疼痛。尘世中，真的没有事先铺好的锦绣之路，一辈子任你花团锦簇，无有患忧。当然，我不否认，的确有少数的幸运儿，他们生在钟鸣鼎食之家，不费吹灰之力，就拥有了财富、地位和尊贵。然尘世众生万万千千，又有几个会遇到如此荣宠？再说，即便是这样的人，一生中也难免会有起伏呢。历史上，不乏这样的例子。几番风云突变，朝代更改，一切都化为乌有。靠谁也靠不住，只有自己不断修炼自己，丰富自己，把自己打造得能屈能伸，风雨不动安如山，那才是最保险的。

　　我曾说过一句话，生活赐予我的，无论好的，坏的，我一概慨然接受。因为，我没有办法对生活挑肥拣瘦。当不顺降临时，我不回避，或是坐以待毙束手就擒，而是尽着最大的努力，从不顺里，另辟出一条路来。即便有时什么也改变不了，但我还可以改变我的心情，不让它陷在沮丧和茫然里。沙漠里不是也有玫瑰开么？有什么可怕的呢，地球是圆的，哪里真的会山穷水尽。

　　你问我是什么给了我动力，让我那么坚定地朝着美好走下去。我的答案是，爱。我爱这个世界，无条件地爱着。我这一副寻常的血肉之躯能暂居其间，真是莫大的恩泽了。我感恩！它让我保持着旺盛的好奇心，和源源不断的快乐。我常对自己说的是，没什么，一切都会过去的。没什么，这样，已经很好了。

　　你若对生活报以微笑，生活回报你的，必将是美好。

梅子老师

成功没有任何捷径可走

梅子：

你好！

我是你的读者。今来向你求救，把你当成救我性命的最后一根稻草。

怎么说呢，我从小也是有梦想的一个人吧，一路考呀考呀，考高中，考大学，以为离梦想会越来越近，谁知拼命到最后，却两手空空。

如今，一晃都快三十了，恋爱无果，工作难定，连收留自己的窝都没有一个，真是一事无成啊。活着就是一场煎熬，每天都很挣扎，不知是否有勇气再面对明天的太阳了。

梅子，我真的不知道怎么走下去了。我还能抵达成功吗？那一条抵达成功的路在哪里？你能告诉我吗？

谢谢你。

读者：如蕴

如蕴，你好。

看你的信，我真是出了一头的汗啊。你说大学毕业至今，一晃都快三十了，至今一事无成。你向我寻求帮助。你说你现在把我当救命稻草，希望我能给你指一条成功的路。

亲爱的，请原谅我，我怎么担得起你的那根稻草？虽然，我多么想帮你。可我实在能力有限，除了会写两行文字，无甚别的本事，我哪里能给你指条成功的路！

但我却明白一个道理，这世上，根本没有所谓成功的路，光亮鲜明地摆在那儿，等着你去走，就像走红地毯那般轻松。但它却又是存在的，存在于每个人的脚下，得靠你一步一步，用汗水、用勤奋、用不屈不挠、用辛苦、用寂寞把它走出来。

小时，我爱看雏鸡出生。变薄的鸡蛋壳里，望见小雏鸡小小的身体，在一拱一拱的。那鸡蛋壳，却怎么也拱不破。我急，恨不得替了它，伸手就要捏碎蛋壳。祖母拦住，祖母说，让它自己出来，不然，养不活的。

我等啊等啊，等了一个下午，到傍晚，小雏鸡终于挣破蛋壳，出来了。可爱的小嘴，柔软的小眼睛，一个鲜活的小生命。它尚且站立不稳。站起，跌倒。再站起，再跌倒。就这么试过若干次后，它终于站立起来。那一刻，我真替小雏鸡欢喜，它成功了！现在，我想起这一幕来，还是很感动。如蕴，你说成功难吗？答案，难。它必须要有所付出，才会得到。成功容易吗？又很容易。只要你肯付出，且坚持不懈，你定能有所收获。

我有个企业家朋友，他拥有一家外贸加工企业，总资产过亿。别人都羡慕他运气好，他只笑笑，不言语。一次，我们几个朋友闲聚，其中就有这个企业家朋友。他当时又签了一笔交易额较大的单，心情很好。我们就围着他打趣，要他讲讲成功的经验，让我们也能如法炮制，分上一杯羹。

这个企业家朋友看看我们，说出一句惊人之语，他说，你们肯舍弃现在的一切，去捡破烂么？原来，他为了创办企业，曾捡过三年的破烂。又用三年的时间，走遍大江南北，进各家外贸厂打工、调研。再用十年的时间，从无到有，睡工地，住厂房，一点一点，累积下现在这个外贸加工企业。你们看，我手上的老茧，他伸出手来。一只一只老茧，像坚硬的石子似的，卧在他手上，刺疼了我们的眼。

如蕴，你可能要拿我打比方了，你以为我能够一本一本地写书出书，是很轻而易举的事。我要告诉你，不，不是这样的。

走上写作这条路，前前后后，我走了快三十年了。曾经，我的投稿，也是石沉大海。曾经，我捧着书稿去出版社，也被人家拒之门外。漫漫写作路，望不到尽头，看不到希望。我也不去管它，只管走着我的路，坚定不移地走下去，从未曾有过转移。在我，能够到达目标，固然是好。不能够到达，也无妨。它都是一种成功。因为我付出了，我收获到的，是充实，是无悔。

即便到今天，在你的眼里，已是成功者的我，又何曾有过丝毫的懈怠。不经一番寒彻骨，哪得梅花扑鼻香？这样的古训，细细思量，真是道理无穷啊。如蕴，这世上，成功没有任何捷径可走，一切成功的背后，都有着漫长的蛰伏、忍耐和不屈不挠。那些鲜花簇拥的时刻，无不生于寂寞和苦寒。

你的朋友梅子

做自己的救世主

梅子老师：

　　我记得你写过一本自传，也就是写了你的家乡，那本书中我看到你写过一个一棵桃花树下，一个大麻花辫的漂亮姑娘最终归于毁灭的故事。我不知道你写的那个故事是否真实。但是真的，一个好的家庭会成就一个人，一个不好的家庭真的会毁了一个人，美好从来不是一个人坚持就够的。

　　真的有很多无奈，有的残留下来，甚至根深蒂固。我不知道该说什么，有些东西无法表达，有些事解不开。有时候我想什么是罪，为什么有那么多注定的无奈和痛。如果真的是罪，又该谁赎。就像你想救自己，渴望美好，可是没有勇气，没有那一点运气。谁都想遇见，或许只有遇见，可怎么会遇见。逃也逃不掉，仿佛进入了一个圈套，明明有机会离开，可是这些年造就如今逃不开的我。有一种恨却不敢恨的那种感觉，你了解吗？

Angela_大可儿

亲爱的大可儿，你好。

我是写过这样的一篇文章，题目叫《桃花红》。小村庄，一树桃花沸沸地开着，扎麻花辫的漂亮姑娘，那都是真的。它是我童年遇见的一件事。

我清晰地记得她微笑着的样子，记得她担水的样子，记得她唱歌的样子，记得她在一树的桃花下，梳头发的样子。她不应该是那样的结局，却因被逼成婚，而走上绝路。那是一个家庭的悲剧，更是一个时代的悲剧。那个年代，乡村偏僻，人们见识短浅，思想保守，她又遇凶悍的嫂子，命运似乎无法掌控在她的手里。

然她真的就别无出路了吗？这些年里，我一想到这件事，就替她不值。一个连死都不怕的人，还有什么险阻不能逾越？她若是换一种活法，未必定要玉碎，天地又阔又大，跑出去，总能找到容身之处，何至于走上绝路？

曾看过一个女人的故事。女人本是富家千金，19 岁时，父亲生意亏损，跳楼自杀，留下巨额债务给她。原本养尊处优的她，不得不奔波在赚钱还债的路上。20 岁，她遇到一个男人，男人出手帮她，她感动之余，以身相许。婚姻 10 年，却遇到男人出轨和冷暴力，她每天必须靠吃安眠药才能勉强入睡。后来，她提出离婚，净身出户，从头来过。又一度遇人不淑，再度被伤。坎坷的经历，让她姣好的容颜不再，一颗心却越挫越勇，跌倒了，爬起来。再跌倒了，再爬起来。手头拮据时，她连买碗牛肉拉面的钱都没有。她硬是从贩卖地摊服装起，最后做成了一家时装公司，千难万阻，她走过来了。55 岁，她重遇良人，活出她应有的灿烂。

大可儿，我试图从你的字里行间，读出你的境况来：家庭羁绊？父母思想刻板、偏激和守旧，对你造成伤害？不喜欢的生活，不喜欢的人，你沦陷其中，不能自已，想抽身走开，又藕断丝连，总有那么多束缚，让你不能轻松一走了之？恨也恨不得，爱也不能爱，只一任自己的心，在无奈中受尽煎熬。你期盼着会有意外降临，他是驾着风马而来的救世主。从此，你只照见美好，没有伤痛。

是的，你的人生里，也许有着万般艰难，然比起上面那个女人来说，你觉得你所遭遇的，比她更不堪吗？这世上，真正能打倒一个人的，不是旁的人旁的事，而是他自己。

我还想跟你说说一只蜜蜂的故事。对，一只蜜蜂。我不知它是怎么跑到我的书房里的，我发现它时，它正在我的窗台上左冲右突，试图寻找到一丝缝隙，去往它的自由天空。然窗子密封性太好，它被撞得昏头昏脑，屡屡失败。然它并不放弃，还是拼命地扑着翅膀，左冲右突。一番艰难的摸索后，它终发现了墙上的空调孔，从那里，飞了出去。我为这只蜜蜂感动和骄傲！亲爱的，倘若这只蜜蜂几番碰壁之后，就此泄气，不再抗争，其结果只能囿于一室，等待灭亡。

大可儿，这世上，从来没有救世主。如果有，也只能是我们自己。生活再多的刀光剑影，只要信念不倒，总能杀出一条道来，走向光明和广阔。我们要做自己的救世主。

梅子老师

高考不是人生的终点

梅子老师您好。不得不说我现在是一个高三的学生了，在学校里的每一天，都是寝室——教室——食堂三点一线的生活，假期一个月几乎只有一天，这次放的十一长假几乎成了一种奢侈，像沙漠中偶遇的绿洲一样奢侈。开学之初，班主任让我们每人写一篇《高三，我奔跑》的作文，开学一个多月来，每天都让不同的同学念自己的奔跑，我还记得我的作文里的第一句话就是"奔跑是高三的基本状态"。

虽然是高三了，但在学校里不只学习一件事，还会和同学有摩擦，和朋友有矛盾，偶尔，心里有委屈。但我不会抱怨，因为你说过啊，"青春的疼痛，在骨头里噼啪作响"，也许青春，本该就是疼的。

不抱怨，但会惶恐，距高考倒计时只有249天了，曾看过一句话：如果想要在一个领域，成为出色的人物或大师级的人物，必须至少投入一万个小时才行。算算，若每天花3个小时，需要坚持10年，即使一天25个小时，即使每天不吃不喝不眠不休，要完成一件事，也要400天呢！可是，我只剩249天了，我不禁问自己怎么办。呵呵，即使惶恐到不知所措，生活也要继续，高三要继续，高考依旧要继续。您说是吧？

冰糖葫芦

宝贝，看到你的昵称，我轻轻地笑了。它勾起我一段往事了。

童年的我，一直生活在一个偏僻的村庄，对外面世界最大的渴望，就是能去老街一趟。老街离我的村庄三十多里路，那时觉得真是遥远啊，就像远在天边。我常常坐在田埂上，朝着西边天望，想着老街。

我想着它做什么呢？是想念那棵大柳树下摆着的小人书摊。是想念青石板铺就的巷道两旁店铺里的商品，琳琅满目，花花绿绿。还有，插在草把上的冰糖葫芦。

草把是被一妇人扛着的。有时，也会是一中年男人扛着。她或他，扛着它在大街上走，穿过花红，穿过柳绿，很招摇。草把上的一串串冰糖葫芦，像立在上面的一个个小人儿，裹着蜜糖熬制的衣裳。那些"小人儿"跟着她或他，穿过花红，穿过柳绿，有多少孩子的目光，附着在上面啊。他们心知肚明，故意逗着那些馋孩子，从草把上拔下一串冰糖葫芦来，对着孩子们招着摇着，来买冰糖葫芦哎，甜得要命哎！

我偶尔奢侈地跟着大人上一次老街，眼光注定是要被那些"小人儿"给牵了去的。我跟着那草把走，走过一条街，再一条街，心里面暗暗发着誓，等我长大了，我要天天买冰糖葫芦吃，我要把这一草把的"小人儿"都买下来。

那时，连接我与外面世界的唯一通道，就是读书。也没谁逼迫我，我自己"逼迫"着自己，一路把书从村小学，读到镇中学，读到异地的城里。也从不曾惶恐过什么，只那么顺其自然着，用着我的功，努着我的力。跌倒过，磕绊过，没事，爬起来，掸掉衣服上的灰尘，揉揉摔疼的膝盖再走。如果我自己想走路，总是有路可走的。实在没有路可走，也可以凭自己的双脚，踩出一条路来。

葫芦宝贝，高三不是人生的终点，你完全用不着那么数着日子，自己吓唬自己。当然，有一个很现实的问题是，高考恐惧气氛的存在。学校在制造这种气氛，社会在制造这种气氛，家长在制造这种气氛（我对这些制造者们，也很无奈，其实，大可不必这样的），于是乎，你们整天被这种气氛笼罩着，想不恐惧也不行了。

但总还留有空隙，容自己喘口气的。你不是也说了么，"但在学校里不仅仅只是学习一件事，会和同学有摩擦，和朋友有矛盾，偶尔，心里有委屈"。好，我们且把这点空隙拿出来，不把它浪费在摩擦、矛盾和委屈上，而是用来奖励自己，做点自己喜欢的事，哪怕是独自对着天空发发呆也是好的。在这个时间的空隙里，你可以独自栽种美好，心平气和，不慌不惧。

我这不是鼓励你不学习，而是要你做到张弛有度。学习应该是终身行为，而不是某一阶段的拼命。留得青山在，不怕没柴烧。咱们是普通人，可能成不了大师级的人物，不要拿他们的一两句名言，当作人生至宝，遵照执行。各人有各人的活法么，他们的，未必适合咱们。咱们做好自己就够了。纵使高考时你有失水准，也还可以继续读书，继续再考。不得不说，你逢上的时代真正是好，只要你不放弃学习，哪怕是活到七老八十了，总还有一方舞台在等着你。

葫芦宝贝，我很欣赏你在信末说的话："即使惶恐到不知所措，生活也要继续，高三要继续，高考依旧要继续。"我再给你添上几句吧：

即使高考过去了，生活还要继续，读书还要继续。而美好，也在继续。

梅子老师

你若盛开，蝴蝶自来

梅子老师：

　　你好！

　　我今年已 28 岁了，感觉自己年纪很大了，我事事不顺，做着一份自己不喜欢的工作，在感情生活上，也是个彻头彻尾的失败者。父母却不知体谅，整日在我耳边唠叨，责怪我心比天高，不知将就。

　　我是渺小如尘，没有人在意我。现在，活着的每时每刻，在我，都是煎熬。对这个尘世，我已厌倦。我不知道，人为什么要活着。或者这么说吧，我不知道我为什么要活着。梅子老师你能告诉我吗？

晓晓

　　亲爱的晓晓，读你的信时，我的窗外，正下着雨。雨不算大，有细微的滴答之声，很轻灵。

　　我听着雨，感觉像是谁在弹着六弦琴，有悠扬婉转之意。我很高兴，我知道这场雨，会抚绿河边的那些柳。"朝佩皆垂地，仙衣尽带风"，春天里的好景象，柳是数得上第一位的。这场雨也会催开一些花朵，迎春花、金银花、连翘、桃花、梨花、杏花、海棠、樱花……哪一场花事，不是拼了命地往那热烈里头钻？热烈啊！生命要的就是这样的热烈。我每每遇见，总不能自已，甘愿被它们俘虏。

爱啊。

是的，我爱。我爱这个世界。每一天都是良辰，——如果我愿意。

晓晓，你也看到这些花在开么？你也看到，生命如此地热烈么？你说你28岁了，这真让我羡慕。28岁，多好的年纪！恰如一段良辰，只春天的花团锦簇才能与之相配。可是，你却说你厌倦了这个尘世，你不知道人为什么要活着。

人为什么要活着呢？在我，答案很简单，是因为不舍得啊。晚上出门散步，看到一枚花朵般的月亮，开在天上。草木都开始返青了。河边一棵桃树上，也已爬满了小花骨朵。用不了多久，又将是一个姹紫嫣红的缤纷世界。做人真是有着千般好处呢，总有这么多美好事物在等着，有这么多可眷念可赏悦的，你叫我如何舍得！

是，我也有不顺有烦恼。曾一度，工作压力也挺大的，世事纷纷扰扰，我也如落叶掉进旋涡里，上下浮沉。然我实在没有多余的时间去烦去恼，因为，那些时间，我要用它去感受生活的美好。每一天，总有那么多新颖有趣的事在等着，叫人高兴不过来的。

比如，太阳初生。它多像一枚鲜艳欲滴的红柿子啊。

比如，雨后漫步，遇见蜘蛛在织网。那张透明的大网，张在两棵树之间，足足有一张小圆桌那么大。我实在要惊奇了，它是如何做到的？

比如，一棵碧桃树上，开出两种颜色的花。我看了这朵红的，再看那朵白的，明知是人工嫁接的结果，还是要惊叹。

比如，送外卖的电瓶车，快速地从我身边驶过，洒下歌声一串儿。它的愉悦，感染了我，我也想唱歌了。

比如，在黄昏底下走着，我看到每个行人肩上，都扛着一颗夕阳。想到我的肩上，也扛着这样的一颗，我便无比高兴。

我总在日子里如此地高兴着。看到月亮出来会高兴。数着星星会高兴。在月色里，辨认出哪种树木是紫荆，哪种树木是梅树，要高兴。听到两只鸟，站在高高的栾树上，变换着嗓子，比赛着叫，要高兴。看到蟹爪兰还在开花，要高兴。看到年前买的漳州水仙，终于长高了，结出花蕾了，要高兴。看到随手丢下的桂圆种子，冒出褐红的芽芽了，要高兴。喝着红枣茶，要高兴。看到我的书又加印了，要高兴。新写出不错的文章来，要高兴。刚看完一本书，清少纳言的《枕草子》，虽内容泛泛，但有几个篇幅挺好玩挺有趣的，我同样高兴得很。

晓晓，当你也能如此高兴时，你还觉得时光难熬么？对你所做的工作，可不可以试着去喜欢呢？带着欢喜心去做，没准你会渐渐热爱上它。如果你实在不喜欢，那就不要勉强自己，现在工作的机遇多的是，再找一份也不算难事。至于感情之事，碰过几次壁，有什么大不了的？谁的感情之路，没有经过几番折腾,才最终修成正果? 你只是暂时没有遇到适合你的那一个罢了。等等呗,命定的那一个,也许就在不远处。

　　擦干泪,换种心情来过吧晓晓,把每一天,都当作良辰,你将拥有无数的美好,你的生命也将因此变得容光焕发。到时,好运自会如蝴蝶一般,循着芬芳,飞到你的身旁。

梅子老师

着手去做，永远比空想可靠

梅子老师：

你好！

我是深圳一所普通学校的学生，我已经上九年级了。现在的学业愈来愈繁重。每天学校的大课间女生做仰卧起坐，但是我的仰卧起坐做得真的不好，每次很想多做一个，却怎么也起不来。

前天班主任叫我到办公室，跟我谈我的一些情况，她说我们班女生仰卧起坐不行的，就是我和另一个女生。但我是愿意做却起不来的，而另一个女生是懒得不愿意做的。

后来，我一直在想老师说的话，越想越不安、烦躁、担忧、害怕。我知道时间真的不多了，一年不到就要中考了，而且体育还是第一门，如果我连体育也考不好，那么我接下来的文化考试，也不怎么会考好。

我想努力，我也愿意努力，可是我又想到别的人都可以做五六十个，老师的要求是七十五个，而我只能做二十多个，我真的很害怕自己追不上别人。

我还是个电视迷，总喜欢看电视，克制不住自己，分配不好时间。再加上我之前八年级的几次考试，都是年级五十几名，在七年级时我都是年级前十的，心里很惶恐。不过幸运的是，八年级的最后期末考试我又考了十四名，才在九年级分了个重点班。这很侥幸，是因为我历史成绩很好，才把排名提上去的。我很清楚我的语数英是比别人弱的。

现在的我很迷茫，因为我很清楚我身上的问题很多，我怕时间来不及了。而我的理想是上深圳四大的外国语学校。我不知道倘若我没考上我又会怎么样。梅子老师能给我一些建议吗？

期待回信的小衣草

小衣草，你好。

看完你的信，我笑了。

我想起中学时代的那个我。那个时候，我最不喜欢的老师是体育老师，原因很简单，因为他教体育呀，还教得特别认真。我不喜欢运动，怕上体育课，他总要来捉我到操场上去，每次还偏偏都要练习我最讨厌的一项运动——"跳马"。全班就我不会，每每跑到那"马"跟前，我就慌了神，腿怎么也迈不上去。那个时候，我胖胖的，同学们一看见我站在"马"跟前踌躇，就哄笑开来，哦，小胖墩又跳不过去了。唉，搞得体育课一度成为我的魔障。

那个时候，成绩单上也有体育成绩呢，我每次呢，因这个"跳马"，体育成绩都是不及格。这很打击我的。痛定思痛之下，我反倒豁出去了，我就不信了，在同等条件下，别人能做到的，我干吗做不到？于是乎，我就从练习跳小矮凳开始，慢慢往上增加高度。也不特地去练，在每天做作业做累了时，跳两下。在课间休息时，跳两下。走路时，遇到稍高的地方，我跳过去。纯粹是练着玩，玩着玩着，胆就玩大了。后来，再考"跳马"，我没有一次不率先跳过去的。

相对于我的"跳马"来说，你的这个仰卧起坐，实在算不得什么。为这个生了烦恼，一点儿也不值得呢。只要平时多练练就好啦，每晚临睡前，在床上做上几组。早上起床，再做上几组。这既不耽搁时间，又锻炼了身体，假以时日，你说不定还能成为这方面的高手呢。

宝贝，你现在在重点班，这很了不起。你对自己的学习状况看得异常清楚，这更了不起。多少人"只缘身在此山中"，因而迷失自我，糊里糊涂着，你却活得很清醒。这是人生的好态度，要保持。

你说自己身上的问题很多。那就一一解决它呀，语数英弱一些，咱就把学习时间多向它们倾斜一些。当你的日子被学习给填满了的时候，哪里还有心思去看电视？你说你怕时间来不及，我又笑了。既然你怕时间来不及，干吗还在浪费时间，一个劲地迷茫和空想？

能不能考上深圳四大的外国语学校，那是一年后的事。为这个一年后的事，你在这里牵肠挂肚苦恼徘徊，是相当划不来的。我以为，"我不知道倘若我没考上我又会怎样"这样的问题，应该留到你明年考完之后再思考。或许你一下子就考上了呢，这个问题也就自行解决了。

　　宝贝，着手去做，永远比空想可靠。无论结局如何，通往明年的路，我们总要走下去，这是无可回避的。那就好好走着吧。

梅子老师

自己给自己鼓掌

梅子老师：

您好！

我是一名高三学生。自从进入高三以来，我的成绩就一直下降，不知道是我不太适应，还是什么原因，平时上课都能跟上老师的节奏，但一到考试却一次考得比一次差。

我尝试改变了自己的学习方法，我没有上补习班，买了资料回来做，但是成绩一点起色也没有。我特别着急，不知道该怎么办。

我不想放弃，不想对不起自己，对不起妈妈，但是我努力向前跑却怎么也跟不上。而且我现在的班上有一个极其令人反感的现象，班主任只关心那些送礼的学生，像我们不送礼的学生平常都不喊我们回答问题，有种被排斥的感觉，这种环境真的好压抑。距离高考不到200天了，我真的好无助，好绝望！

梅子老师，对我这种情况有什么好的建议吗？

您忠心的读者

宝贝，你学过哲学吧？哲学里讲，任何事物的变化都是内因和外因作用的结果。然内因才是变化的根据，外因只是个条件，外因的作用再大，也必须通过内因才起作用。

好吧，就算你们老师只"关注"送礼的那些孩子，但老师再怎么关注，哪怕细微到连他每天穿什么每顿饭吃什么都关心，哪怕细微到他们一皱眉头，老师都紧张，但老师最终能代替他们去学习吗？答案是：不能。他们的路，还要靠他们自己走，那些背诵啊习题啊，还要靠他们自己去完成。

每节课堂，老师所提问人数也有限。能站起来回答老师的问题，是给了一个在全班亮相的机会，其他的，说明不了什么。只要那些问题你真的弄懂了，就好了。真本领是掌握在自己手里的，而不是表演给别人看的。这有什么好压抑的！

我最欣赏的生活态度是，没有人给我鼓掌，我就自己给自己鼓掌。纵使不幸生在岩缝之中，长在悬崖峭壁之上，也要努力绽放出花朵。那个时候，你以为是一片花园更引人注目和惊叹，还是一朵在岩缝里在悬崖上开出的花，更叫人心生敬意和仰慕呢？

进入高三，你的学习成绩的下降，也许与你的焦虑有关。给自己压力是好事，但压力过头了，就成慌张了，越慌张越手足无措，结果什么都想抓住，什么也都没抓住。就像你胡乱买很多的课外辅导资料来做，越做越乱，越做越没头绪。你以为的努力，大多数都是无效的。

哎，宝贝，你还是先把自己整理好了再说。不要去想距离高考还有多少天，我最反感这个了，弄得像世界末日似的。你就想你当下的每一天，这一天，你该记多少单词，你该温习多少课文，你该攻克哪一块儿的数学薄弱之处。要那么多课外资料干吗？你把书本上的知识点完全吃通吃透，能举一反三，就非常棒了。离高考还有 200 天呢，你急什么？你且慢悠悠地走过去。

祝你的今天开开心心！

梅子老师

一只瓢虫的启示

老师：

　　您好！

　　我今年18岁，是名高三的学生，因为看了您的书，喜欢上了您的文字。

　　我今年是要考大学的，但考学压力很大，因为我是名职高学生，普高尚且压力大，又何况职高呢？但我没有办法，为了爸妈的期待，为了自己未来的前途，我只有选择前行。

　　但是我有弱科：数学。我不知道怎样去补习。我现在只要一想到我将来会有可能因为数学考不上大学，就会很慌张。但我也知道，我现在只能努力。因为是职高，学习氛围肯定不行，我为了学习把自己完全封闭，告诉自己不能玩，玩了就全完了。但我想交朋友。我本身性格内向，如果将来我的学习上不去就太崩溃了。

　　好了，我说的就是这些，我也不知道自己在迷惘啥，就是感觉整天浑浑噩噩的。

您的读者

宝贝，你好，我想跟你说说一只瓢虫。

这只瓢虫是从哪里来的呢？我不知道。我发现它时，它正在我的窗台上左冲右突，样子显得既笨拙，又天真。它许是因我打开了窗户，被我室内的海棠花媚惑了，一头撞进来。又许是跟着我新买的吊兰进来的。等它发现只能囿于一室时，它不甘了，它的梦想，是在外面广阔的天地间。

我故意把所有的门窗关紧，我想试试，一只瓢虫，它怎么解救自己。

这只瓢虫，它很清楚它的处境，它不时撞上窗玻璃，撞上墙壁，发出轻微的剥剥之声音，而后重重地摔落下来。但它还是一刻不停留地，爬呀爬，飞呀飞，锲而不舍。

晌午我去看，它在奋斗。下午我去看，它还在奋斗。晚上我再去看，它不见了。小屋的门窗还是紧闭着，我到处找，也没找着。后来，我发现墙上装空调的地方，留有一丝缝隙，它应该是从那里，回到了它的广阔天地里去了。

宝贝，你现在，也是被囿于一个小天地的瓢虫呢，你渴望"外面的广阔天地"，想要冲出去，但你又极度自卑着，为自己找着种种借口逃避。只是这世上，哪有那么多落地的桃子等着你去捡？要吃桃子，须得自己上树去摘。要飞往更高的天空，你得自己学会飞翔才行。且要有坚定的信念、持之以恒的精神。

我跟你提到的这只瓢虫，假使它认命了，不再做任何努力，只浑浑噩噩地消费着时光，那么，它再也不可能见到高远的天和广阔的地了，它只能困死于一室之中。

　　宝贝，不要再给自己找任何理由让自己懈怠，好年华是经不起浪费的，过着过着，也就没了。所以，在任何时候任何情况下，你都不要轻易向命运妥协。哪怕只有一线希望，咱也要努力争取。向命运妥协的结局只有一个，那就是，等着束手就擒，被时光的风沙埋没。而努力的人生，时时会有光亮划过。即便你努力之后没有达到理想中的目标，但努力的过程，那些踏踏实实的日日夜夜，本身就散发出光芒。

梅子老师

尽人事，听天命

梅子姐姐：

　　您好！

　　我是一个小学生。我从爱上读书开始，就很喜欢看您写的书，是您忠实的小读者。这些年，我一直有一个困惑，希望您看到这条信息，能给我一些回复。

　　我从一年级起成绩就不错，一直担任学校的大队干部。听起来，是令人羡慕的经历，可是，我平时却特别累！每当我读到您写的要爱生活的文章时，我都特别烦恼！我每天不是学习就是写作业，看似特别简单的两件事，在我眼里却特别难！

　　在我心里，理想的生活就是可以长时间干自己喜欢的事情，不用那么紧张。我现在却正好相反。但如果不那么紧张，我又怕成绩会被别人超越。您说我该怎么办呢？怎么才能在紧张的生活中寻到一丝快乐呢？

一个小读者

小宝贝，你好。

看完你的信，我笑得不行。你还这么小这么小啊，就皱着眉头，纠结和累得不行，你怎么去走你那长长的一生呀。

担任学校大队干部让你有负担了么，是不是就要因此成为他人的表率和标杆？唉，千万不要。你那不过是协助老师做了一点事而已嘛，切不可认为那是你优越于别的同学的地方哦。你要弄清楚的是，你，和别的孩子一样，都是两脚踩在大地上的，你没有比他们多长出一个脑袋来，你也没有生出翅膀。你，就是一个寻常的孩子。对，芸芸众生之中，我们都是寻常的。

当你能够把自己定位在"寻常"上，你就会少了许多压力和焦虑。要那么紧张做什么呢？你会超过别人，同样地，别人也会超过你——这都是极其正常的现象。

宝贝，山的前头有山，水的前头有水。我们再聪明，也没有那么超能，可以打遍天下所有对手。我们可以有争取做"鳌头"的心，但切不可把那个"鳌头"，当作是自己专有的，非占有不可。我们应有的人生态度是，尽人事，听天命。说得更直白一点就是，尽自己的努力，一切顺其自然。

宝贝，不要把自己套在一个"壳"里，在那个"壳"里，只有学习和写作业，那会让你透不过气来的，从而生出惧怕，生出厌倦。久而久之，你的功夫没少用，学习的效率却大大降低。

　　我建议你，别过分约束了自己的天性，偶尔放松一下，玩玩你们这个年龄的孩子玩的那些游戏，也可以到乡下田野里去疯跑疯跑，顺便认认那些庄稼和野草。等你长大了，你回忆起童年的这一章，也不至于过于单调。

　　宝贝，祝你健康愉快地成长！

梅子老师

做好分内的事情

梅子老师：

您好！

我讨厌黑夜。因为每当晚上，总会让我想起很多往事，然后惭愧、自责、后悔。我觉得，往事总比现在美好。因为我看不清未来。

我学着努力，可一停下来就会很痛苦。除了努力，没有什么能给我以慰藉。

我心事遍天，却不知向谁倾诉。因为，我也不知道我在烦些什么，总觉得，活着很累，活着很痛苦。

我假装快乐，假装合群，假装让身边的人都因我而乐。可笑容的背后，是生活的阴暗面。

活着很虚，世界很虚，人们很虚。我思考人生的意义，却发现意义都没有意义。我想念故人，可故人早已忘却了自己。我讨厌遗憾，可遗憾偏是我一手造就，因而，我真的讨厌自己，自己的无病呻吟，矫情敏感。

就连写信，也要趁洗漱的空余。因为每个人都告诉我，你必须要有出息，你不得不去努力。接着，继续挑灯夜战。

这世界，仿佛没人能理解你。

每个人都只在意你飞得高不高，却不在乎你飞得累不累。

吃得苦中苦，方为人上人，每个人都这么说。因而，我必须这么做。这么麻木地努力下去，这么痛苦地讨厌自己。

我该怎么办……

天涯浪子

亲爱的少年，你好。

我姑且，这么叫你。

或许你已青春，但一颗心里，还住着个小小少年。小小少年有的迷惘、疼痛和负累——这些情绪，常常莫名其妙侵袭着你，甚至淹没你。这个时候，你不要惶恐。因为，这是成长中必然的裂痛。每个人在历经青春时，都或多或少有过这些情绪，只不过你的表现更为激烈些罢了。

成长，从来不是轻松的一件事。换句话来说，活着，从来不是轻松的一件事。

我想起小时看孵小鸡。且不说那母鸡所吃的苦，多少天蹲坐在一堆鸡蛋上，几乎纹丝不动，身下的毛都坐没了。鸡蛋的壳，终于越来越薄，可以望见小鸡的雏形，在壳里面晃来晃去。但母鸡还在努力着，又几天，小鸡挣扎着，就要拱破鸡蛋壳出来了，那个过程，缓慢、寂静、沉重，又充满神奇。终于，鸡崽们一个接一个，摇摇摆摆来到这个世间，它们柔嫩的小嘴，唧唧鸣叫着，绿豆似的小眼睛，好奇地张望着一切，天地因之而格外新亮。这会儿我回忆起那样的场景，还是无限的感动。即使活着有着千难万难，然每一个生命，依然在竭尽全力，争取活着的机会。这是生命的本能，亦是生命最动人的地方。

亲爱的少年，我们已拥有活着的机会，这多么值得感激。接下来我们要做的，也就是怎样来过好我们的一生。

草有草的活法，树有树的活法。世上做人的标准，看似有着统一，要吃苦中苦，方做人上人。但每个人的活法，又如草如树一般，有着各自的路径。你根本不需要活成别人的模样，你只要活成自己的样子。

你现在所迷惘的，恰恰是你不认识"自己的样子"，你不知道自己要活成一个怎样的你。你本能地抗拒着世俗做人的标准，然而，你又找不到自己的方向。你被一股说不清的洪流裹挟着，不得不一路向前，你走得很累很累。你以为，这不是你本来的意愿。

那么请问，亲爱的少年，你本来的意愿是什么呢？小鸟学会飞翔，小鱼学会游弋，小马学会奔跑，花朵学会绽放……这都是生命分内的事情。是的，在练习飞翔、游弋、奔跑、绽放的过程中，要付出很多辛劳，要承受很多的风雨、疼痛和孤独，然冲上蓝天、潜游水底、奔跑于旷野、散发出清香的那一刻，我们会品尝到生命带来的甜蜜、欢愉和幸福。

对，我们的人生，所要获取的，正是这样的幸福。

所以少年，咱不要去想"人生的意义"那么深刻的问题，咱也不要逼着自己非得成为"人上人"不可，咱就做好分内的事情，好好对待自己，学学飞翔、游弋、奔跑和绽放，收获一些小幸福小甜蜜。至于能飞多高，能潜多深，能奔跑多远，能绽放多久，都不是你说了算的事，你又何必纠结与在意？说到底，活着是很私有的一件事，你的活，只为你自己。咱只要顺着自己的路径走，走到哪儿，就是哪儿。走着走着，花也许就开了。

梅子老师

能够打败你的，是你脆弱的意志

梅子老师：

你好！

我们（高二的学生）最近期中考了，但我的成绩考了有史以来最差的一次，我觉得最大的原因就是我玩手机太多。

我现在有点迷茫，不知道该怎么办好，您能给我点建议吗？还有，我想问问您觉得我们这个时候（就快高三了），应该怎么使用手机（有时自己真的控制不了）。

你的读者

宝贝你好，我想问你个问题啊，手机对现在的你来说，是必备的，还是可有可无的？

你能对我的问题，有个明晰的清楚的回答么？

有些学校明令禁止学生带手机进校园。抱歉一下啊，我对这样的明令，竟十分十分赞同和认可。

是的是的，你会不服气，现在数码时代了嘛，卖菜的大妈、扫地的清洁工、拾荒的老人家、种地的农民，都是手机不离手的，不时地刷刷刷，给生活带来多少便捷呀。你当然也要刷刷刷。

好吧，你就刷吧。可你又刷出什么来了呢——"成绩考了有史以来最差的一次"，你迷茫了。这是不是有点滑稽？明明是因为你沉溺于玩手机，直接导致这样的后果，你还迷茫个啥？

嗯，如果你继续玩下去，你的大学梦跟着泡汤。如果再继续玩下去，你的整个青春，也就跟着玩儿完了。如果再再玩下去……哦，我不敢再替你往下想了。

我的建议真的对你有用吗？如果真的有用，那好，我建议：

一、剁手。哪只手想玩手机的，就剁去哪只手。

二、把手机摔了。眼不瞅见心不躁动，岂不清爽？

你愿意按我的建议去做吗？

你当然不愿意。

我其实，想告诉你的是，倘若你没有从根本上意识到沉溺于玩手机的危害；倘若你没有真正地痛定思痛，下定决心，把自己捞上"岸"；倘若你没有从内心掐断想玩手机的念头，我的任何建议对你来说，都是空谈，毫无作用。

宝贝，能够真正打败你的，不是手机，而是你脆弱的意志。倘若吃不了自律的苦，你终究要被平庸淹没。

梅子老师

第五辑
芭蕉年年会绿

芭蕉年年会绿，樱桃年年会红，而我们曾有幸与之照会过，也曾做过那绿中的一枚，红中的一粒，也算不得辜负生命了。

好花如故人

梅子老师：

　　你好！

　　我是你的一位读者，看你的书，我收获了很多。你的乐观是让我最佩服的。我觉得我的内心深处是有一点悲观主义的。

　　最近因为学业重，难免会受人生虚无的飘忽感侵袭。你是怎样对待这种感觉的呢？还有，你的语言质朴，可写出来的东西却总能给人指引，读来让人酣畅淋漓，你还记不记得自己的写作水平是在怎样的一个契机下，得到提升的？对于我们提高写作水平，你又有什么建议呢？

　　谢谢你！祝你快乐！

你的读者

　　宝贝，你好。你的行为是正常人的行为呀，再乐观的人，有时，也免不了生出一点人生的虚无感来的。因为，我们是会思想的人啊，思想是最捉摸不定的东西。

历史上，曹操够英雄吧？大丈夫一个，有气吞山河的豪迈。他也曾发出这样的感慨："对酒当歌，人生几何！譬如朝露，去日苦多。"看看，人生不过是朝露似的，太阳一照，就化了啊，真是短暂得可以。还有被大家公认为乐天派的苏东坡，似乎什么风雨也摧垮不了他的意志，他热衷于美食美景美文，乐滋滋地对人说，人间有味是清欢。就是这样一个人，也曾把人生形容成"隙中驹，石中火，梦中身"。我们看着是长长的人生，对于浩瀚的宇宙来说，只是一闪而过，虚无得很的。

比起他们来说，你的那点虚无算什么。不要怕，不要觉得郁闷，那不过是天上偶尔飘下的毛毛雨罢了，飘着飘着，它就会停了。你呢，只须静静等上一等就好了。这个时间，你可以找点轻松的事做，听听歌，看看杂书，嗑嗑瓜子，哪怕是发发呆，都是快活的。我在这个时候，往往喜欢抽出一本诗集，翻到哪首读哪首，大声读出来。比如我读陆游的：

闲愁如飞雪，入酒即消融。

好花如故人，一笑杯自空。

他和我们一样有着闲愁几许，都化作点点飞雪入了酒。更叫人羡慕的是，傍着他的，是些如故人的好花。我就跑去看我的好花，阳台上几盆海棠，它们的花朵一出动，就能开上小半年。想好花见我亦如见故人吧，眼前实实在在的好颜色，使我快乐起来，飘上心头的虚无感，自然而然飘走了。

至于写作，在我，已然成为一种习惯，一种像吃饭喝水一样的日常。没有什么契机不契机的，只是写多了而已。如果你天天写，写上几十年，你也会得到升华的。

　　写吧宝贝，从现在开始，你每天都丢下几行字，丢着丢着，它们就蔓延成一片草原了。

梅子老师

机遇只垂青有准备的人

梅子老师：

您好！

实话告诉您吧，初中时，老师让读您的书，我却不怎么喜欢读，那时被要求做摘抄做赏析的，头都大了。那时好恨您，怎么闲着没事写出那么多的文章来，要我们去读。

到了高中吧，偶然在杂志上看到您的文章，细细读了，挺香的嘛。想想初中时，被老师强迫着，我逆反了，哈哈。我要对您说对不起，对不起梅子老师，我曾经伤害了您。

您会原谅我的吧？因为您是一个温柔的人啊。中学生们给您写信，您都一一回复了。所以呢，我也抱着试试的心态，给您写了这么一封信。您会看到的吧？

先介绍一下我吧，我叫柚子，是个高二女生。长相普通，还很胖。我妈就是个胖子，这没办法。我也想减肥来着，可遗传的基因太强大了。

我们现在刚刚分了班，换的老师不如高一的老师，我渐渐失去了对学习的兴趣，上课觉得特无聊。以前喜欢的学科，现在也无丁点喜欢了。周围学习环境也不好，我的同桌还特爱八卦这个明星那个明星的，叫我失望。所谓近墨者黑，我都快成块黑炭了。

　　唉，总之吧，我现在对任何事都提不起兴趣，成绩直线下滑。偏偏命又不好，我的家庭没有任何背景，将来哪里有什么出路。还有一年就高考了，我真不知道如何去面对。

　　梅子老师，你说我是不是很不幸啊？

柚子

我为什么觉得上课无聊呢？是因为老师课讲得不好。

我为什么以前喜欢的学科，现在不喜欢了呢？是因为换了老师，那个老师我不喜欢。

我为什么老考不好呢？是因为考题总是出得太偏。

我为什么不喜欢学习呢？是因为我的学习环境太差了。

我为什么没出去跑步呢？是因为没有一双舒适的运动鞋。

我为什么发胖呢？是因为遗传基因，我妈本来就胖。

我为什么老提不起劲呢？是因为生活缺少惊喜。

我为什么很少成功呢？哦，天，是因为我的家庭背景太一般了，没有人相帮。

我为什么一无所长呢？是因为机遇总不光顾我，我对世界太失望了。

…………

柚子，我们总是找着各种各样的借口，为自己的懒散和堕落开脱。就是从没想过，现状的种种，都是你自己造成的。是你自己开始懒散了，是你自己开始堕落了，是你自己把自己给荒废了。

你的心不在课堂上了，你的思绪信马由缰了，你集中不了注意力了，听不进去课了，才会觉得上课无聊。就算是老师课讲得不算好，那别的同学怎么上的课？再说了，你完全可以一边听讲，一边提问，哪有时间无聊？

以前喜欢的学科，现在不喜欢了，那只能说明，你的喜欢，还是太浅。若真心喜欢一样东西，定会矢志不渝，不轻易改变和放弃。

你考不好只是你不够用功，不够勤奋，水平还欠而已。承认这一点死不了人。那就下把劲，好好努力呗。

什么是好的学习环境？高堂大屋？还是金碧辉煌之殿？抑或精致幽静，有竹影扶疏？宝贝，你能不给自己找借口么？你不过是想偷懒而已。"凿壁偷光"和"囊萤夜读"的典故，虽说有点夸张了，但历史上却不乏寒窗苦读勤奋刻苦的人。而今也还有。我曾路遇一建筑工人，捧着书在路灯下读。有些贫困山区的孩子，无纸墨可书写，拿树枝在地上书写，照样把一本一本的书读了下来。

没有运动鞋，就跑不成步了吗？布鞋子也能跑。赤脚也能飞奔。只要你想运动，随时随地都可以。

你发胖是因为你馋你懒你怕动，别总赖在你妈身上好么。你如果能管住自己的嘴，不那么贪吃。你如果能多迈开你的腿，在能站的时候，坚决不躺着。在能走的时候，坚决不坐车。你还会发胖么？记住，懒人才最容易发胖。

罗丹说，生活中不是缺少美，而是缺少发现美的眼睛。我想换一种说法也一样，生活中不是缺少惊喜，而是缺少感受惊喜的能力。宝贝，你尚年轻，心已钝化了，生了锈了，这很不好。我替你愁着，你拿什么来配你的青春？

若所谓成功都靠家庭背景才能取得，那不叫能耐，那叫寄生虫。总想坐享其成，吃落地桃子，那怎么成？所有的花开，都是努力的结果。生命的价值，是在努力中实现的。

柚子，从来机遇只垂青有准备的人。不要再说对世界太失望了之类的话了，那很好笑的，焉不知，世界对你更失望呢。只有自己好好努力，把生了锈的心，擦拭明亮了。把想懒散和堕落的借口，统统焚烧掉，让它们化成灰，化成给养，你才能活出一个全新的你。

祝你进步。

梅子老师

芭蕉年年会绿

梅子：

你好！

你不认识我，但我认识你，认识很久了，从早先的论坛，到博客，到后来的QQ空间，再到现在的微信公众号。我追着你的每一个足迹，你的每一篇文章，我都会看，有的还打印出来。我欣赏你的文笔，欣赏你对生活永远抱着巨大的热情。

我以前也喜欢写点东西，但都是登不上台面的，只自娱罢了。现在，连这点自娱也没有了。生活是一团乱麻，挣扎不了应付不及，常暗自心伤。许是年纪渐渐大了，人变脆弱了，一点点事情，都会郁结胸中。看《红楼梦》时，有句话对我触动很大，"好一似食尽鸟投林，落了片白茫茫大地真干净"。真是一瞬间万念俱灰啊。

回过神来，还是心有不甘，我来了人世这一遭，就这么不声不响地老去？我似乎什么还不曾拥有过啊。青春的时候，我不知它的华美，就那么糊里糊涂路过。中年到了，却一地鸡毛。

梅子，真不好意思，我的这些负能量的话，真不该让你的耳朵听到。你那么美好的一个人，就应该和美好在一起。我也只是想说说话。不知为何，总觉得你很亲切，仿佛是我前世的姐妹。

祝你永远美好如初。

一个陌生的朋友

亲爱的朋友你好啊，很高兴收到你的来信，很高兴听你说心里话，也许前世我们真的是姐妹呢。

黄昏时，我去河边跑步。沿河岸一带，有树木终年常绿，四季花草不断。我很爱去那里，一边跑步，一边看花看草，看河里船只往来。

我遇见了那个老人。他在我的前头，像坨稻草似的，缓缓移动。我很快走到他身旁，看到他的脸，脸上斑点密布，眼睛和鼻子，几乎都淹没在皱纹里。他手扶拐杖，一寸一寸往前挪着。我跑了一圈，回头，远远看到，他还在那里蠕动着，像坨草。我站到一棵树后，默默看他，他远没有一只蜗牛走得快了。曾经他也少年过。他也青年过。他也中年过。他也意气风发过。他也健步如飞过。他也如我这般，蹦跳起来，似乎就能够到天空。现在，他都不能了。他只能拖着他的脚，数着这人生最后的步子。

我想到了一棵树。是在婺源一个叫长溪的小山村，在人迹罕至的山上，我看到它。它应该活过几百年了，却终禁不住自然的循环，衰老地倒下，粗壮的树干，千疮百孔。确切地说，它已不能称作一棵树了，它是树的骷髅。

想它上面，也曾栖息过鸟儿。也曾有稚童攀于其上。日月一年一年眷照。风一年一年轻抚。有雨雪打过。有霜露落过。它都经历过了，叶子绿过一年又一年。叶子也枯黄过一年又一年。生命是博大的，生命又是脆弱的。它终敌不过岁月，就那么老下去，最后的最后，会化为尘土。

谁能敌得过岁月呢？终有一天，我们也都会老去，老得无可奈何，老得无能为力。而岁月，却永远有花在不息地开着，永远有星辰映满天空，永远有江河在奔流。四季变幻，不过是它玩的一个戏法而已。人世多少的纷争，都荡作它唇边浅浅的一笑。再力拔山兮的人，也要在它的怀抱中老去，而千年的月亮，却还在它的额头亮着。

传说，释迦牟尼涅槃的时候，是在贫病交加中。他盘腿坐在两棵婆罗双树间，给他的弟子布最后的道。在生命的回光返照里，他身旁的两棵树，突然迅速地抽枝长叶、开花结果，于瞬息间又花落果坠，叶子全部掉光。神谕告诉我们的是，世间万物，生死轮回，不过如此。

所以亲爱的，你别跟岁月较劲，你较不过它的。还是省点儿气力，好好经营我们的今生，把我们今世的轮回走好。芭蕉年年会绿，樱桃年年会红，而我们曾有幸与之照会过，也曾做过那绿中的一枚，红中的一粒，也算不得辜负生命了。放下执念，放下过多烦恼，别贪那么多，所需之物，够安置我们这尊凡胎肉体就行了。是因为，贪多了也没用。最终，身外所有的拥有，都将还给岁月。我们的肉身，也终将化为尘烟和泥土，回到那宇宙的无限中去。

你的朋友梅子

在自己的时区里

梅子老师：

　　您好！

　　我看到了许多学生给您的留言，于是我也想向您请教一下，说说我的烦恼。

　　我刚刚升入了初中，13周岁，到了这个新的环境中，我接触了很多新的事物。小学的时候，我的成绩还不错，各科老师都还挺喜欢我。但是，到了初中后，我发现我和这里的同学聊不到一起，也可能是刚开学的原因，没有互相地深刻了解。

　　这几天进行了几次小考，但我的成绩非常不理想，别的同学却考得出奇好。英语听写也一直没有全对过。我很纳闷，为什么升入初中后我的成绩变成了这样。

　　在学校的这段时间里，我很想家。上课的时候我认真听讲，但总是达不到我要的效果，和小学的我差距很大，我不知道哪里出了问题。在这里我每天闷闷不乐，想着妈妈说的："我以你为骄傲。"爸爸和我说别人家的孩子学习多么多么好，考了多少多少名次，让我必须好好学。相对来说，在小学的时候我感觉到我在学习中获得了快乐，而在这里，我感到了非常沉重的压力，每天度日如年，不知道为什么。

马上要月考了，我不知道我会考个怎样的成绩。如果考不好，我的父母该多么失望，我也许会更加丧失信心了吧。随着科目增多，作业增多，各方面都令我担心，为什么我认真地学，却没有任何收获呢。在我看来，老师也没有觉得我学习多好，我考了很差的成绩，老师也没有说我，也没有叫我单独和她谈谈，这更加让我觉得难过。

我每天都很烦，想着这些不如意的事情，不敢和任何人讲，就这么憋在我心里，真的很难受。梅子老师，请您告诉告诉我，我到底该怎么做，才能让成绩提高，让我重拾信心呢？

星光下的女孩

宝贝，你好。

来，我们先笑一个再说。对，嘴角上扬，眉毛弯弯。这样的笑容，像不像一朵花在盛开着？这才是一个孩子该有的样子啊。

换了一个新环境，你有着诸多不适应，校园不一样了，老师不一样了，同学不一样了，你闻不到你曾经熟悉的那些气息，于是你惶恐了，你焦虑了，你度日如年了。

这本属正常。人对环境的适应性是有差异的，有的人适应能力强一些，有的人适应能力弱一些。这本无须过分紧张，慢慢儿地，你就会融入进去了。

你需要的，只是时间而已。

　　你成绩的"下降"，或许也有不适应的成分在里面呢。以前你是被宠着的小公主，离开家了，没有人再宠着你了，你很想家，你不适应了。小学的天地相对来说比较小，在那个小天地里，虽也有星星闪烁，但你是耀眼的一颗，父母以你为傲，老师高看你一眼。而现在，你念中学了，到了一个大天地里，四面八方的星星都在闪烁，你淹没其中，没有人围着你鼓掌了，你不适应了。你因此焦虑，你因此心里不平衡，你闷闷不乐着。这样一个坏情绪缠绕着的你，又怎能做到心无旁骛地认真学习？

　　有一句话说得好，昨天的太阳再灿烂，也晒不干今天淋湿的衣角。昨天再多的辉煌，那也是昨天的事了。而你今天面临的问题，必须今天全力以赴去解决。所以宝贝，你现在最明智的做法是，一切重新开始。微笑着接受新的环境，尽快地让自己融入进去，熟悉它，爱上它。

　　当然，你也许很努力很努力了，却未必能成为别人眼中的优秀——如果真是这样，我们也不必因此烦恼和自责。每个人都有自己的时区自己的步伐，你在你的时区里，恰逢其时。

　　宝贝，请相信，努力的人生，从不会落空。

梅子老师

活得像草木一般洁净

丁老师：

你好！

我有件烦恼事，想对你说说。

我大学毕业后，参加国家公务员考试，很幸运地，进了一个不错的机关。由于工作成绩突出，不几年，就从股级升到副科级，成为单位里最年轻的科级干部。

现在我们单位面临一次重大的人事调整，有一个领导岗位将通过内部竞聘上岗。我不想放过这个机会，很想通过这次竞聘让自己的事业更上一层楼。然我有个强有力的竞争对手，说句实在话，他的能力远不及我，做事远没有我干净漂亮。但他先于我来单位，资历比我老很多，且人脉也比我广得多，跟领导们相处融洽，八面玲珑，四面来风，单位里不少人也都说他的好话。我呢，不善言辞，只知道埋头做事，平时很少去社交。故我很焦虑，我如何才能竞争得过他？假如这次机会错失掉，就得再等上三五年。到时谁知道情形又是怎样的？长江后浪推前浪，那时，我也老了，纵有雄心，怕是也心有余而力不足了。

一言

一言，你好。

从你的来信中，我大体可以给你画个像：人干练实在，颇有才情，一直走着有为青年的路。你让我想到一个词，年轻有为。这是俗世里的赞美标准，你怕是没少听到过。且陶醉于这样的赞美中，它鞭策着你，不断攀升、攀升，以获得更多赞美。——这本是好的，一个积极向上的人，胜过裹足不前的人千万倍。然而，我怕的是，你这向上变味。当你的眼光，只盯着前面那个闪闪发光的"宝座"，你的心态已难以保持平稳，你的柔软，会慢慢变得坚硬。你日思夜想的是，如何才能得到它，而忽略掉踏踏实实、厚道诚实、水到渠成。你考虑到竞争对手的种种，难免会不择手段，扫除你以为的"障碍"。——如果发展到那一步，你的面目，会很可怕。

但愿我这是杞人忧天。我对晋升这类的事儿，向来很少关注。在单位里，我也只是个小小职员，一直是。评职评级提升获优等事情，我一律绕开去。我是怕费了那个时间。那个时间，我用来可以读很多的书，写很多的文章。我也没有那个精神气去跟别人争。有这样的精神气，我还不如画画小画自娱。或去看花看草，享受大自然的恩泽。嗯，是这样的，我怕那些东西，扰了我的心性。

我这个样子，在你看来，是很不求进取的了。但我以为，进取也分好坏的。本着你的初心，努力相待，一路走下去，花儿自会为你开放。若是为了某个目标，舍掉做人的本分，而学会钻营，把玲珑心事都用歪了，纵使你能获得一些"光环"，那也是虚的，不是实实在在属于你的。你怕是睡觉也睡不安稳呢。

几天前，我曾去医院看望一个生病的朋友。当年，他是个多么厉害的角色，在单位里，说一不二，呼风唤雨。而今躺在病床上，大家都知道他活不长了，只他自己还在相信奇迹。他努力吞咽着一小勺米饭。能吃，就代表还能活。吃饭——这本能的行为，在他，已如攀山越岭了。

他展望病后的前景，他说，现在我也看开了，等身体复原了，我就选择退出，过一段清静日子，不去争，不去恼。他说，世间所有大事，在死亡面前，都是不值一提的。

很可惜，他顿悟得太晚了，浪费掉很多好光阴，他已无回天之力了。

我有学生，也是有为青年一枚。三十出头的年纪，已在部级部门工作。头顶上有多少光环，就有多少付出。有些付出，非他自己所愿。改变缘于一次小小感冒，他去医院输液，药物过敏，导致休克。幸好被人发现，挽救及时，捡得一命。"鬼门关"门前走了一遭，他整个人的性情都变了，他看淡了名利纷争，更多的精力用来做好事做善事，人活得草木一般洁净了。我笑他，我都看见他头上冒着佛光了。

一言，不知道我说的这些，能不能解你一点困惑，让你有所顿悟。你最好什么也不要去虑去想，做好手头的事，一切随缘最好，活得像草木一般洁净。

梅子老师

在自己的心里修篱种菊

梅子老师：

您好！

我是一名快要中考的初三学生，我原本幻想到了初三，班上同学应该会奋笔疾书、安安静静地写作业。然而我的初三生活却是这样的：每次一下课班上的男生就在那大喊大叫，叫同学父母的名字（好幼稚）；一上课旁边的同学有的趴在桌子上睡觉，有的低着头玩手机；吃完饭休息的时候，还有人拿手机放节奏欢快的舞曲……我在这样的环境中心里烦恼极了。

我在一所很普通的私立学校。最近期中考试结束了，英语虽然有了进步，却被数学和物理拉低了分数。我发现最近身边的同学学习上都有相同的问题（不是只有一科不行，其他科都有问题），这次班上大多数同学成绩都总体下降了，大家慢慢有些焦虑。我的中考再这样下去怕是要废了，怎么办？班上最好的同学也只能勉强达到想报考的那个学校的分数线……大家脸上都写满了迷茫的神色。

我想这就是普通中学和重点中学的区别吧，所在的环境不同，谈论的内容也就不同，我们谈论的不是我要考哪所重点高中，而是不知道能不能考得上，"我放弃了"这样的话语充斥在耳边。我不知道怎么处理环境和我这上下起伏或开心或低落的心情，我变成了我自己情绪的奴隶。

初三要上晚自习，星期六还要上课，星期六下午放学还要去补习班补两个小时的数学，星期天再上四个小时的数学和英语，下午一点回到家做一下家庭作业。就这样一个星期就过去了。学校和家两点一线，日复一日。都说初三是苦的累的枯燥的，要的不是热情而是谁能坚持到最后。

虽然这些道理我都懂，可我如那泄了气的气球一般，这样的日子无聊极了。有时候积极地做作业，可没坚持多久就放弃了。一边想争取时间，一边又一只手去玩，一玩就能玩半个小时。心情时起时落，什么都不想做。第二天回想起来又在为昨天自己浪费时间懊恼极了，随着时间越来越长，感觉越来越累。

我不想成为情绪的奴隶，也不想要这样纠结的，推一下才动一下的自己。

希望梅子老师能给我答复，不论是鼓励、批评，还是建议的一段话。

心果

心果，你好。

读完你长长的信，我也有些郁闷了。瞧，坏情绪也会传染给人哩。

在你身上，读书好像是受难，是一丁点乐趣也没有的——如果真是这样，宝贝，我劝你，这样的书，不读也罢。

然我很不死心，我很想很想问一下宝贝，读书果真如此枯燥如此难受吗？你难道不会因解出一道不会的方程式而欣喜若狂？你难道不会因背出一篇古文而特有成就感？你难道不会因完成了一篇英语作文而充满喜悦？如果我们把学习的目标里，都注入这样的小欢喜，然后一点一点去收获它们，那么，我们的学习，会不会有意思多了？

前提是，你要培养起热爱的情绪，而不是抱怨、逃避和懊恼。你说你待的地方不对头，是个普通的私立中学；你说你周围的环境不对头，同学们都不好好学习，得过且过；你说你的实力摆在那儿，你再努力也不能如何……是是是，这些都会成为你向上的阻力，然这些阻力再怎么强大，它们也仅仅是个外部条件罢了。最终决定你怎么走，走向哪里的，不是这些，而是你自己，是你的热爱，那也是对生命的热爱。荒漠里，也有玫瑰开。松树也会在岩石中生根。悬崖峭壁上，也有果实垂挂。

快递小哥雷海为的故事你听说过吧？他在诗词大赛的舞台上，过关斩将，最终击败北大硕士，获得了《中国诗词大会》的总冠军。人们津津乐道于他头顶上的桂冠，却少有人关注，那里面注入了他多少虔诚的汗水。少年时没钱买书，他把书店里书中的诗词背下来，回家默写。送快递时辛苦奔波，但只要一有空隙，比如在等餐或休息时，他都在读诗。你的生活环境比起他来说，是不是要好太多太多了？宝贝，任何出现在你道路上的"障碍"，都不能成为你不前行的理由。至少对于目前的你来说，是如此。

　　愿你能避开车马喧闹，在自己的心里修篱种菊，勤于灌溉。最后也许不会有期待中的满园花簇簇，但请相信，只要你付出了，总有一朵小花，为你而开。

梅子老师

给自己松松绑

梅子姐：

你好！

从小我就接受着这样的教育：一寸光阴一寸金，要珍惜光阴呀。于是我养成了分秒必争的习惯，稍稍一点点浪费，也会有负罪感。我因此得了个"女强人"的称号，也就被架到一定高度上了，生怕自己一个不小心，就摔下来，摔个稀巴烂。我时时绷紧着一根弦，与时间赛跑。

我是一个部门的主管，部门的大小事务都要操心，从线下到线上。每天早上，我都是匆忙塞点干面包，喝点白开水，就紧着到单位。忙了一天回家，还要亲自管理部门的公众号，回复每一条留言每一个评论，我为此或喜或忧，常忙到半夜三更还不得休息。即便这样努力，有时，还是落不到好处，总有些不好的评说，搅得我心神不宁，让我焦虑，我为此憔悴。

我真心累了，年纪轻轻便腰肌劳损，还大把大把掉头发。我不知道还能坚持多久，也许我今天晚上倒下去了，明天就起不来了。

梅子姐，不好意思，打搅到你了。祝你天天快乐。

扶桑

扶桑，这会儿是清晨。我起床了，照例是先跑去窗口，看看外面的天。初秋的天，有着不一般的静谧和澄澈，不荒凉，不芜杂。昨日看一个人如此形容这样的天，他说，我恨不得到天上去洗个澡。莞尔。我更想在天上养几朵小花的。就养睡莲好了，开白花的，开红花的。我曾在一个地方，看到开蓝花和紫花的，大概是人工培植和嫁接的杰作。花朵儿开得面无表情的，像假花。不喜。还是白花和红花好，是它们的自然色。

我再去问候一下我的花们草们。玫瑰谢了。茉莉谢了。太阳花还在开。一朵轻黄，一朵玫红。吊兰是疯长着的了，又爆出很多新芽。摘下它，随便往土里一栽，它又会长出一盆新绿来。

然后，我不紧不慢做早饭，煮两只鸡蛋，榨两杯豆浆，蒸一个包子和馒头，再拌一点小菜。我还趁着蒸包子的空隙，去给我的书桌挪了位置，把桌上的插花，重换一个瓶子装了。人时常换衣，面貌才整洁焕然，花们也是。我与花们，似乎又是初相见了。我因此，一天都很开心。

扶桑，在你看来，我这绝对是在浪费大好时光，你舍不得的。你早起，要紧着看帖回帖，然后，随便应付点早饭，赶紧去上班。晚上回家，你一溜小跑，坐到你的电脑桌前，发公众号，细细揣摩每一条留言每一个评论，你不到深夜，不得休息。为此，你得了腰肌劳损。为此，你大把大把掉头发。

我多想脱口骂你一句，活该！谁也没有逼你，是你自找的。你偶尔一天不发公众号，不更新帖子，你看看地球转不转，你看看人家活不活？你偶尔几天不回帖，不上网，世界不会因此缺去一个角，花们也不会因此少开一朵。倒是你，损了健康，透支了生命和快乐。何苦呢？

你可能要争辩，梅子姐，我这是努力认真呀。我这是要让我的每一个时刻，都活得充实呀。呵呵，亲爱的，这世上，凡事都讲究一个"度"，适可而止，方能进退自如。你拿着针线，一步不让地把时间缝了个严严实实，把自己也缝进时间里了，你感到快乐么？你感到美好么？既不快乐又不美好，你还折腾个什么劲啊！

亲爱的，珍惜光阴没错，但不是让你把自己给绑架了，慷慨赴死般地去成就什么伟大事业。那样的事业即便成就出来了，又有什么意义？还是给自己松松绑吧扶桑，人生真的没有那么多重要的事非你不可，匀一点时间给自己，每天坚持散散步，看看天。间或画点小画，听点小曲，喝点小茶。或者跑去乡下，去田野里走走，认认四季草木。如果能买块地种点蔬菜，再好也没有了。倘若实在无事可干，你就发发呆吧，听听风吹鸟叫也是好的，让身体和灵魂皆放松。

扶桑，我常把大好时光，浪费在一些看似无用的事上，并不觉得于心不安，反而倍感充实，欢喜莫名。我以为，这才是活着，应有的样子。

梅子老师

天高任鸟飞

梅子老师:

　　你好!

　　我是来自滨海县一中的学生。我总是害怕有一天如果自己死了怎么办?我想了好久,看到周围的老人相继死去,内心很害怕,昨晚听了唢呐声,我对生与死更感到迷茫了。

　　人活着的意义是什么呢?我觉得我的人生像被规划好了一样,一出生就与周围的人不同。就连念什么样的学校,找什么样的对象都不能选择。我从小就和保姆待在一起,处处小心谨慎。

　　我也有自杀的念头,因为我没朋友,很孤独。我曾经尝试着养花和鸟。我养过猫头鹰、苍鹰、黄鹂和鹦鹉,它们都使我快乐。可它们死了,我又开始变得孤独。我养过月季花,可没几天也败了。所以我对生命很迷茫。你能给我些建议吗?

　　　　　　　　　　　　　　　　　　　　　　　　您的读者

宝贝，你好。

你并没有与周围人有什么不同哦，他们长着眼睛、鼻子、耳朵，你也长着。他们说着中国话，你也说着。他们能听到风吹雨打，你也能听到。他们可以奔跑，你也可以。你头顶上的天空，和他们的一模一样。你脚下站立的地方，也是他们所站立的地方。如果真有不同，也只是你的户籍地与他们不同，你家庭环境与他们略有点差异而已。

人生被规划，的确不是件愉快的事，想来你有着许多不自由。好在，你慢慢长大了，最寂寞最暗淡的那段路，应该走过来了。现在，你完全可以自己走路了，通过自己的努力，把家人给你规划好的人生，一一推翻掉，按你自己的生命节奏来。

要实现这样的目标，上上策除了读书，还是读书。你家是不缺钱的吧，不管你读到什么程度，都有钱供你读的吧？那你要好好借助这条件，把自己扔进书本里去，让书籍好好喂养你，它会锻造你的体魄，丰盈你的心灵。当你的知识容量达到一定层次，你就有了选择的权利了，到时候，天高任鸟飞，你的心灵，便获得大自由了。养花养鸟只能陪伴你一时，真正能伴你一生的，是知识，是才华，是眼界，是心胸。而读书，是能给你带来这些的唯一途径。

人活着的意义是什么呢？就是尽量使自己活得快乐、有趣，其他的一切，都不过是围绕这个的附加品。走自己想走的路，做自己喜欢做的事，才能真正获得快乐。

死亡，是我们所有人的归宿。这没什么可哀叹的，就像你养的月季花最后凋落了一般。可是呀，花开的时候，是多么明艳，多么让你欢喜！花的一生，就是为了那样的盛放。而我们活着，就是为了日子里有那些欢喜在啊。我们自己本身，也是大地上的一份欢喜。

宝贝，不要再动自杀的念头。生命一场，不晓得几千年几万年才等来一回，好好享用，切不可浪费。我们要使劲活，活到白发苍苍，活到天荒地老。一切生命的降临，都是大自然的赐予，好好爱着，方不算辜负。

梅子老师

从未远走

一直想给我的朵朵写一封信。我知道，它永远也不会收到。

我也永远不可能再与它相逢。

它或许还在这个世上。或许已经不在了。

在与不在，它都永远活在我心里，从未远走。

——题记

还记得我们的初相见吗，朵朵？

夏天的傍晚，天边有好看的火烧云。我散步至郊外，突然在路边的草丛里看见你。其时，你不过拳头大小，像只黄白相间的绒球球，正在草丛里，跳上跳下捉虫子玩。

我脱口唤道："朵朵——"我也不知我为什么要这么唤你。或许因为，我把你当作草丛里的一朵花。你停下来，抬头好奇地打量我，一副不谙世事的模样。有好一会儿，我们就那么对望着，我对你微笑，我相信，你也在对我微笑。

天渐渐暗下来，四野里，虫鸣声渐起。路边紫薇花的暗香，飘得若有似无。我对你说："乖啊，你继续捉虫子玩吧，我要回家了。"走几步，回头，却意外发现你跟在我身后。我蹲下身子唤你，你稍稍犹豫了一下，就乐颠乐颠跑到我跟前。我问你："朵朵，是不是想跟我回家？"你小声"喵"一下，算作作答。我左右看看，没看到人，断定你是出来流浪的。

在此之前，我并没有打算要收养一只猫咪的。但你乖巧的样子，实在让我拒绝不了。我抚抚你的小身子，说："那么，好吧，我们回家。"不知你是不是听懂了我的话，你很高兴地跑到我的前面去，坐下来等我。三四里地，你就那样一路跟着我，一直跟到家门口。

你用两天的时间，熟悉了家里的地形。到第三天，你已开始楼上楼下跑着玩。我在房间里看书，突然听到门上你挠爪子的声音。开门，你一个箭步冲进来，这儿看看，那儿瞅瞅。最后，你跳上了我的床，非要躺到被子上去不可。我说："朵朵，你身上脏呢。"你却天真地看着我，喵喵叫，仿佛在说："不脏不脏。"且伸出你粉红的小舌头，很认真地把你的小脚，舔了又舔。我的心当下一软，由了你去。从此，我的床，成了你的安乐窝，你在上面四仰八叉地躺着，很享受。

你爱吃鱼，这不奇怪，你的祖祖辈辈们都爱吃鱼。可你还特别爱吃零食，这就有点奇怪了。小孩子们爱吃的巴巴脆、虾条、雪米饼，你统统爱吃。只要一听见我拆包装纸的声音，你就兴奋地飞扑过来，绕了我的脚跟撒娇，很缠绵地叫，直到我把零食拿给你。你吃得可真香啊，小脑袋直晃悠，边吃还边偷空看看我，很感激的样子。

我去上班，不得不把你单独留在家里。你无奈何，跳上窗台，目送我走。我下班回，你在院内听到我的脚步声，立即叫起来，一声声，催人肠。我打开院门，你正候着呢，仰了脖子冲着我，叫得更为急促了，似乎很委屈了。我抱起你来，轻轻抚摸两下，你一下子就把委屈给忘了，闭起眼，咕噜咕噜的，很享受。

我们厮守在一起，我看电视，你也看。我看书，你也看。我翻过一页去，你眼睛滴溜溜地，跟着翻过一页去。你乖巧得让我恍惚，尽管外面风声雨声，我们的屋檐，却是安稳的。有我在，有你在，时光仿佛永远是这个样子。

你越长越漂亮，一年不到的时间，你已长成一个漂亮的"大姑娘"了。不知是不是外面的春光太满，招得你频频外出，你开始跟我玩失踪。我满世界唤你，唤不到。而几天后回家，却发现你正蹲在院门口，若无其事地看着我。我问你哪里去了。你不答，只管缠绵地绕着我的脚跟转，你用这样的举动，跟我道歉。

终有一天，你不告而别之后，再没有回来。彼时，外面的世界，大朵的红花黄花，正开得噼里啪啦。这样的季节，适合谈情说爱。那人安慰我，说你肯定跟着你的爱情走了。我信。朵朵，你有你的天长地久，我替你感到幸福。

只是常常不自觉地会想到你。一次，我路过草丛，看到一只小猫，真像初相见的你啊，它也有着好看的眼睛、鼻子和嘴唇，也有着黄白相间的毛。它的活泼也一如你的当初，跳上跳下的，在捉虫子玩。我呆呆地站在那儿看着，时光仿佛从不曾流走，路边的紫薇花开着，天边有好看的火烧云，朵朵，我们相遇了。

第六辑
每一滴流水上，都写着美妙的诗行

最好的语言不在他处，而在大自然里……那里，每一棵草上、每一朵花上、每一粒鸟鸣声中、每一滴流水上，都写着美妙的诗行。

拿出真诚和真心

亲爱的丁老师：

　　您好！

　　感谢您在百忙之中阅读这封邮件。我是您的一位热心读者，四年级时语文老师将您的《风会记得一朵花的香》借了给我，从那时起，我开始阅读您的作品，直到现在上初二。

　　我常常被您的文字所感动，也会抬头看天。也会在朋友伤心的时候，买上一本您的书送给她，并告诉她没有什么大不了的，生活一直很美好。

　　可以说，有您的陪伴和您的故事，我的成长并不孤单。

　　但是我一直有一个烦恼，虽然我热爱阅读和写作，但是我写的应试作文往往不符合老师的要求。我认为巧妙的地方，老师却觉得不好。这让我很苦恼。您能帮帮我吗？

如意

如意你好，不介意我引用你发来的文章里的几段话吧：

啊，婉月，迷蒙，芦苇萧萧；朝阳，清媚，微风依依。一路走来，岁岁情长，段段心殇，晨曦中，我找到了曾经的方向……

原，真的是一片芦苇荡，辽阔的水面映着蓝天白云，密密疏疏的芦苇一片片，又一片片，雪白的芦絮，随风飘在眼前，飘在心上。

窗外，轻风。

不记得是什么时候，只是在破碎的流年碎片中，望见那样一幕幕。

稻粱肥，蒹葭秀，黄添篱落，绿淡汀洲。

这是你写的题为《窗外》的一篇作文里的片断。

你大概很得意于自己的用词，每一个词拎出来，都那么似是而非，精雕细琢，像玻璃珠儿，亮闪闪的。但很抱歉的是，我读不出一点美感，读不出任何真诚和真心。是的，你写得一点不真诚不真心。你用尽力气，试图赋予文字以凄美和迷离，试图给它披上美丽的外衣，使它看上去又忧伤又哀怨，但你不成功。我看到的，读者们看到的，只是一堆莫名其妙的词，堆在一块儿，它们一个个睁着死鱼般的眼睛，没有生机，没有鲜活的气息。宝贝，你这分明是在自说自话，或曰说瞎话。

我的话可能说重了，但我不能违心去表扬你。写作最重要的态度是真诚。

学习写作，我们先要学习老老实实说话，是一不要说成二，是二不要说成三。是黑的，不要说成白的。能够用一两句话表达清楚的，就不要设置障碍，弄出一堆废话来，让人如坠雾中还是不能够听明白。

只有让我们的眼睛和心，落到实实在在处，我们笔下的文字，才能落到实实在在处。因为真正的好文字，反映的就是我们眼中所观到的，耳中所听到的，心中所思所想的。对一个场景描写完整，对一件事件阐述明了，对一种情感拥有真切体会，也才能使他人产生同理心，引起他人共鸣。比如你跟人聊天儿，你说你想起小时候，那时在乡下，有大片的芦苇荡，每到冬天，芦苇的头上，都顶着一撮儿苇花，在风中飘荡。你这样说，听的人会在心中勾画出一幅冬日芦苇图来，并因此产生情绪上的波动，愉悦或忧伤。

但如果你这样说：啊，婉月，迷蒙，芦苇萧萧；朝阳，清媚，微风依依……雪白的芦絮，随风飘在眼前，飘在心上……你觉得听的人会是什么感觉？他怕是要以为你在说梦话吧。

当然，我不是说这些词语在文中就不能用，但每个词语的应用，都要用得准确，恰到好处。不要乱造句子，不要乱拼凑字词，让文字先清减下来朴素下来，等你掌握了"化妆"技巧，再给它们"化妆"也不迟。但现在，你最起码要做到的是让读者能读懂它。一句话，就是拿出真诚和真心，老老实实说话。这样，你的文章才会变得亲切和好看。

梅子老师

读好书养心

梅子老师：

　　就这样称呼你吧！在我眼里梅子老师真的很美丽！我也不知道该说什么，只想这样慢慢地写，很随便地写。

　　梅子老师，第一次读你的文章是那篇《掌心化雪》，不知道为什么我就是很喜欢，有时我想那样的老师世间难寻。

　　昨天我在理发店，边等理发边看你的书，感觉那是我过得最愉快的一个下午。人应该有属于自己的兴趣，可惜我和其他男孩子不一样，别人打游戏，我却在读书。有时感觉自己应该打游戏，可是又对自己讲现在不可以，很羡慕那些可以边玩边学的人，而我也只敢在寒假里读自己喜欢的书，因为这样可以得到一些心灵的安慰！

　　还记得我在图书馆里想读《平凡的世界》，可是又强迫自己去写数学题。我不是很聪明，作文也写得不好。但我觉得读书应该是种享受，不被一切干扰，只须做好自己！特别喜欢你写老师的文章，因为你笔下的老师温柔善良，有一种很特别的东西。我以前的老师讲到你的那篇《黄裙子，绿帕子》中的女老师讲的话："你好调皮呀！"我还记得他当时把"调皮"说成"tiao pi"所引起的哄堂大笑，真感觉你的那位老师像极了魏巍笔下的那位老师。"雪是

美的，也是冷的"，经历这么多之后才发现，我们一步步长大，就得一步步
面对现实。不过我想，世界上总有"一些花儿绽放在幽谷，点亮那些冰雪似
的眼神"。有的人的眼神会有光，而我的眼神是被一切所覆盖的忧郁。老师，
你的眼睛我觉得放着光，因为只有这样的人才能洞察出《每一棵草都会开花》。

不写了，希望梅子老师的眼里永远有光……

小读者

宝贝，你好。

读你的信，我的眼前晃着一个可爱的男生，他额头饱满，眼神清澈。理
发店里人来人往，吹风机在呼啦呼啦响着，音响里多的是民谣类的歌，多嘈
杂啊，他却捧着一本书，安静在他的世界里。那画面，让我想到一坡的芜杂
之中，一枚结实的果子。

感谢你，能把读书当作享受，而不是带着功利性。那就继续读着吧，热
爱着吧，你已从中收获到愉悦，收获到充实，收获到安慰，这是读书给你的
最大回报。当别的男孩子在打着游戏，辜负着光阴时，你在读书，这是多么
值得骄傲的事！你该羡慕的，不是那些玩耍着的人，而是一个爱读书的自己啊。
来，宝贝，给自己一个大大的拥抱吧！

我曾说过一句话，读好书养心。人生而为人，最需要滋养的，不是一副皮囊，

而是皮囊下的那颗心。再好的皮囊，也禁不住岁月的侵蚀和磨损，但用文字浸养着的一颗心，却像玉一样的，摩挲的时间越久，它越温润。一个人的心里若住着清亮、明净和柔软，那么，他看世界的眼神便也是清亮、明净和柔软的。

一个爱读书的孩子，他的人品绝不会差。纵使他在某些方面算不得出色，但他为人豁达、善良、真诚而美好，那才是做人最大的好啊。宝贝，如果你把书继续读下去，你终将成为这样的人。

谢谢你觉得我很美丽。我争取让我的眼睛里，永远有光。

愿你也永远做个眼里有光的人。

梅子老师

美的感知

丁老师：

您好！

我是从微信公众号知道您的，也不知道是什么时候开始关注您的，只知道看到的第一篇文章叫《掌心里的温暖》。看过太多公众号的文章，唯独您的文字能带给我灵魂上的震撼，这是我知道的其他公众号不具有的。

知道您后，家里多了几本书：《花未央，人未老》《只因相遇太美》《低到尘埃的美好》《住在自己的美好里》《仿佛多年前》，好几次我是含着泪看完的，感动又温暖。

谢谢您，让我找回了那颗柔软的心。

在此之前，我都忘了自己有多少年没认真地看过一本书了，但现在每天都会看上几篇。从字里行间感受您对生活的热爱，对亲人的感恩，对大自然的享受……这是我目前向往却又达不到的境界。有时候心里有很多的感受堵着，心慌难受，很想学您那样把它们捏成一颗颗的文字排在纸上，可提笔又不知该如何下笔表达。老师，要怎样做才能像您那样做到我手写我心呢？我很想很想跟您学习写作，您收徒弟吗？

您的忠实读者：纭纭

亲爱的纭纭，你好啊。

能让你"找回了那颗触动的心"，我觉得非常幸福，我要谢谢你才是。

昨天傍晚，我去医院看望我的老父亲，他身体里有些"机器零件"已完全失灵，出入医院成为家常。我提着带给他的一堆儿东西——面包、水果、八宝粥、卷纸、毛巾，一路走过去。我喜欢走路，因为走路能让我抬头看天，低头见花，能让我不断有新的"遇见"。每一次走路，在我，都是去捡宝贝的。

这次，我捡到的"宝贝"首先是路边的紫薇花。秋渐深，别的植物都慌里慌张，忙着举行告别宴，它们倒好，气定神闲得很，慢慢地开着花，把些红颜色紫颜色白颜色，一点点涂上身。我站定，看它们，每回看，都有新的柔软碰触我的心。植物的活法，岂不是人的活法？人类从它们身上，总能学到点什么。我又想到那样的诗句"青瓷瓶插紫薇花"，这简朴的清供，实在动人。日子的美好，原在这样的简朴中。

我又抬头看天，这是我最喜欢做的事。我以为没有什么事物的语言，比天空的语言更丰富。这时的天空，带给我的，除了震撼，还是震撼，透明的、干净的，像溪水一般的天幕上，白云朵驾着风马在赛跑，仿佛有上千顷盛开的茅花，沸沸扬扬拂动起来。

那一刹那，我如禅定了一般，我被巨大的美所淹没。到我见到我的老父亲时，我一直在笑着，我告诉他，爸，你知道外面天空有多美吗？老父亲笑了，躺在床上静静听我描述。是的，我把这个美的天空也带给了他。让他感到，他从未与这个世界脱节，他还活在这样的美好里。

这是美的感知。人类需要的，正是这种感知美的能力，使寻常的活着，有了意思。我们的文字，要传递的，也正是这种能力——美，无处不在。当你真正具备了这种能力，你手下的文字，就自然而然地呼之欲出了。你只要忠实于你所看到的，你所想到的，不伪不装，简朴一些，再简朴一些，写下它就好。

不要急着去表现所谓的深刻，不要急着去雕刻它的所谓文学性，丢掉那些义学的路子吧，花是红的，咱就写下它是红的。草是绿的，咱就写下它是绿的。叶子是黄的，咱就写下它是黄的。看到叶落，总不免要想到离别，想到一些人。好吧，那就温暖地想着吧。我在等着来年的叶绿花开，也等你。

梅子老师

每一滴流水上，都写着美妙的诗行

梅子老师：

您好！

我是一名初三学生，家居小乡村。年级人不多，150人左右，我一直是第一名。

不知为什么，所有老师都说，你要一直保持第一名呀。

我喜欢读书，我喜欢英语，我想拿出很多时间来满足我内心的热爱，可是年级第二名已经凭着他的奋斗赶上了我。

我觉得人不应为名次而活，但所有老师和一些同学给的压力太大。我不知道现在到底应不应该重视这个第一名。作为初三的我，到底应不应该减少课外读书时间？

另外，虽然读的书较多，但我的语言生动性还是较差，请问梅子老师如何尽快提高语言的生动性？

谢谢梅子老师啦！

您的读者

宝贝，你好。

真为你感到庆幸和高兴，因为，你拥有一个小乡村啊。那里少有城市的喧闹，少有车水马龙昼夜不分。那里天地分明，草木有着四季。

我也是出生在小乡村的。出走这么多年，行过很多的地方，看过很多的繁华，最怀念的，还是我的小乡村。我是在那里，认识了蓝天和白云，认识了朝阳和晚霞，认识了月亮和星星；也是在那里认识了河流、庄稼和小池塘，认识了蚯蚓、蚂蚁、蜻蜓、蚂蚱、蜜蜂、蝴蝶、青蛙和瓢虫，认识了车前子、泽漆、荠菜、益母草、繁缕、一年蓬、野蒿、蒲公英、芦苇和茅，认识了麻雀、喜鹊、鹧鸪、布谷鸟、画眉……

我在《诗经》里，总能一下子找到我的小乡村当年的样子。我在唐诗宋词中，总会捡拾到我的小乡村当年落下的雪和霜。宝贝，最好的语言不在他处，而在大自然里。而乡村，是离大自然最近的地方。如果你用心去聆听、去阅读，你不难发现，那里，每一棵草上、每一朵花上、每一粒鸟鸣声中、每一滴流水上，都写着美妙的诗行。

想来你懂我的意思了。我们爱读书，但不要把书读死了，必须让它回到自然里，回到生活中。比如，书里写"兰叶春葳蕤，桂华秋皎洁"，那我们在春天的时候，就要带上眼睛，看看兰花以及别的植物，是怎样"葳蕤"起来的。只要有春天在，生命就有蓬勃生长的机会；而到了秋天，桂花如月光般皎洁在枝头上，给人高雅清洁之感。那如果是白天看呢，那些花朵上，是不是附着了阳光的影子，熠熠生辉？你这么看着想着，一些生动的语言，自然而然就会蹦跳出来。

读书与学习并不冲突，书读得越多的人，获得的智慧也就越多，它反而会促进学习成绩的提升。当然，要看你读的是什么书。那些纯粹的娱乐性的书，我希望你少读些，它们相当于油炸膨化食品，对人益处不大，有时吃多了，反倒会损害身体。我建议你文学类的书读一些，历史类的书看一点，地理类的书也可以涉足一二，甚至于建筑类的音乐类的美术欣赏类的书，都可以了解一点——如果你喜欢。所有的艺术，都是相通的，它们会让你的生命变得饱满变得厚重。

名次在前固然好，但不要过分在意名次，是第一也好，第二也罢，那都是暂时的。你大可不必把别人的期望，当成自己的包袱，背在身上。你只要遵循着内心的热爱，认真地走好自己的路，一路向前，努力奋进，你的人生，绝对会活得很精彩。

梅子老师

清水出芙蓉

梅子老师：

　　您好！

　　自从上了初中，我就对语文学习和写作文有个很大的困惑，因为我不知道初中语文追求的是什么。老师讲作文的时候讲的大多数是"美"，我总是在写作文时写不出美丽的词句。我就是想问一下，如何可以获得大量美丽的词句，又该如何运用？

小读者

　　宝贝，你好。

　　文章之美，应该是指文章本身所散发出的动人的味道。这种动人，也许来自故乡的泥土；也许来自植物和花朵；也许来自日月和星辰；也许来自家常的饭菜，来自一盏灯的守候，来自一个人的惦念、扶助和信仰；也许来自陌生人脸上的一抹微笑……它们无一例外地，都有着鲜活的生动的气息。

任何一个事物，任何一种情感，都是有着它内在的质地的。"词句"所要呈现的，正是这样的质地。倘若你做到了，哪怕只是简简单单的几个字，它也是美的。比方说，久别重逢的两个人，四目相对的刹那，只轻轻一句问候，你还好吗？这就抵得上千言万语了。

——你还好吗？

你认为这样的词句华丽吗？好像不。它直白得很，可却美得动人心弦，万千个往昔，都浓缩在这一句里了，思念有，牵挂有，委屈有，不舍有，真正是悲喜交加呢。

宝贝，词句的美与不美，不是光靠外表的光鲜与否来判断的。就像我们通常看待一个人，不施粉黛有时好过浓妆艳抹，清水出芙蓉，天然去雕饰。那些自然的、本真的、质地分明的，从你的心底流淌出来的话语，有着鲜活的温度，有着干净的味道，有着真情实意，即便它们看上去，只是明明白白的大白话，也更能扣动人心。毫无疑问，它们，是美的。

当然，一些词语不会自己从天上掉下来，它们靠的是你平时阅读的积累。俗话说，巧妇难为无米之炊。假如把写作比作做饭的话，词语就是我们用来做饭的"大米"，你再聪慧，如果没有掌握大量的词语——这做饭之米，你也就很难驾驭一顿饭，写不出动人的文章来。

在阅读时，可多涉猎一些古典文学，尤其是诗经和唐诗宋词类的。那些篇章里，养育着大量精妙的词句，你读多了，它们不知不觉就会成为你的营养，滋养着你的心灵，并从里面生长出属于你的语言。到你写作的时候，你的笔下，自然而然就会流淌着一条词语的河流，你想用哪个就用哪个，尽着你挑选。一个词语的美与不美，有时，要看你用在什么地方。如果你用得恰如其分，恰到好处，那么，纵使这个词语是很平常的一个，它也能散发出美的光芒。

宝贝，在写作上，我们千万不要为了追求"美"而美，不要希求文字都做园中牡丹，让它们做做野外的小花小草也不错啊，自然天成，朴实无华，有着绵长的味道。

梅子老师

护住你的一颗初心

梅子老师：

您好！

最初遇见您的文字是在语文试卷中的阅读题《小欢喜》，那次破天荒地阅读只扣了 2 分，那篇文章也让我开始关注生活中的点点滴滴。再后来，我买了您所有的书，喜欢上您那质朴又不失细腻的文笔。

我也是个热爱写作的学生，我喜欢用笔记下点点滴滴，感受生活带来的美好。上了八年级，我们接触到了议论文，每次大考小考，作文虽说文体自选，但就连语文老师都说，只有写议论文得分才能高，他还教了一大堆第一段写什么，第二段写什么。在我看来，这样的文章没有灵气，事例论证一个不能少，先写古代再写现代，然后举例……这种套路我真的不能再熟悉了。然而我喜欢跟随自己的想法去构造一篇属于我的文章，我的文章可以没有华丽的辞藻，没有惊天动地的大事，也可能不能得到好的分数。但是，它会影响到我的中考分数。老师说，很无奈，形式就是这样，想得高分，就得要一步步跟着套路走。

我想请问梅子老师，如果为了追求好的分数而放弃自己喜欢的文字，是否会对文字失去初心？

一个小读者

宝贝，真好，你对"写作"，用了"热爱"这个词。人生因了这个词，多出许多的温度、美好、趣味和生动，但愿你能永远热爱下去。

你苦恼着现在的考试作文，完全脱离了你的主观愿望——你的这个苦恼，也是很多孩子的苦恼呢，也是部分老师的苦恼呢。

我给阳台上的斑叶竹节秋海棠浇水，一边想着怎么答复你。

我先给你描绘一下这种花吧。它的叶子的观赏性就很高，阔而大，背面是红色的，正面的青绿上，点缀着一些白的小斑点。这样的叶子，若是扯下来，直接做件女孩子的披肩，应该甚是好看。

它一年四季都在生长着，似乎永不凋落。事实上，它也在凋落，只是新生和凋落在交替进行中，容易被人忽略。花期也特别长，从春开到夏，从夏开到秋。花朵起初像一颗颗红红的小心脏，慢慢地，那小心脏打开了，从里面露出像小蛾子一样的黄花蕊，花蕊的头上，还戴着一顶漂亮的小花帽子。它要么不开，一开，就是一把。对，是一把花，如一把小小的果实，坠着。

它的故土，在青海的一个农家小院子里。那是我朋友大福的家乡。他回老家，不远千里，把它一路带过来，分我一枝。这枝秋海棠，很快繁衍出更多的秋海棠来，也不过几年的工夫，我的阳台就被它们整个地占领了，子子孙孙无穷尽。我每天早上起床的第一件事，就是跑去看它们，它们总是呈现出欣欣向荣的样子。时光在它们身上，永远是蓊郁丰盈的。我的一天，因它们，也就变得蓊郁丰盈起来。

宝贝，我跟你描述这些，你的心中是否因我的描述而有所触动？是否眼前也盛开着一盆一盆他乡的秋海棠？是否也因这生命的代代无穷尽而心生欢喜？倘若是，那么，我的文字它便是成功的——文字的真正力量，不在于它以何种形式呈现出来，而是它有没有打动人。

我一直比较反感"考场作文"一说。何谓考场作文？它只不过是平时的作文腾挪了一个位置，在固定的场所、固定的时间段里完成而已。你若平时作文能写好，考场上，也一定能写好。你若平时作文写得动人，考场上写出来的作文也不会差到哪里去。好吧，就算真的有一种作文类别，叫"考场作文"，但它也是我们一个字一个字写出来的，也一定不能脱离了真情实感。阅卷子的老师不是机器人，他们，就是我们寻常人中的一个，我们拥有的情感，他们也都拥有，能感动我们的事物，一定也能感动他们。当他们在一堆假大空的作文里，跋涉得万般辛苦时，突然，冒出一篇真正动人的文章，想不让他们的眼睛为之一亮也不能够呢。

所以宝贝，文字的表情只有一个，那就是"真"。至于用什么文体写作，并没有那么重要，不要拘泥于是写议论文，还是记叙文，还是散文，文体与文体之间，本就无明确界定（诗歌除外），它们之间完全是相互贯通的。倘若指定非写议论文不可，你也可以写得鲜活一些，生动一些，写成夹叙夹议的，用精彩的小故事（可以是身边的，可以是他人的，这些故事，不受时间、空间限制，但它们一定是生活的），来阐释一些人生的小道理。先秦诸子百家的散文，哪一篇拿出来，都是文采斐然的议论文呢。

宝贝，护住你的一颗初心吧，真正的好文字，是绝对不会被埋没的。

梅子老师

因为喜欢，所以坚持

梅子老师：

你好！

我是你的读者，同时也是一个文学爱好者，我想做一名好编辑、好作者。但一个人坚持自己喜欢做的事，很难，真的很难。我常常以"就算只有一个人，我也可以坚持下去"为激励，去鼓励我另外一个朋友，可换作我自己我就没有底气了。

我知道在背后努力，总有一天会被人看到，也知道如果不珍惜机会，就会被埋没在黄沙中。直到现在，我觉得机会渺茫，我还在原地踏步。尽管我有一颗前进的心。

你的读者

亲爱的，你好啊。

和你一样，我也曾经历过失意迷茫。

　　那个时候，我拼命写稿，拼命投寄，我希望得到别人的认可。然而，千百份稿件投出去，都是黄鹤一去不复返。连我们的地方小报，也毫不留情地拒绝了我。唉，我一颗热烈的文艺心，真是饱受打击。

　　在极度沮丧下，我问了自己两个问题：

　　一、我为什么要写作？

　　二、我还要继续写吗？

　　我几乎不假思索，就回答出自己的两个问题：

　　我写作只是因为我喜欢；我当然要继续写下去。

　　那么，好，既然是我自己喜欢做的事，与他人也就不相干了，与发表也就不相干了，我为什么一定要得到他人的认可呢？这就像你爱上一个人，爱就是爱了，别人同不同意你爱他，或者他爱不爱你，你都不在乎，你爱着就好了。

　　再往下走，我的心态也就平和了很多。我不再纠结于发表与否，不再苛求于别人的欣赏或不欣赏，我像个热爱土地的农夫，只管享受耕耘的乐趣。至于它能长出什么来，那与我，关系也不大了。它或许长出一片草来，我也是高兴的。我可捉些羊来放养。它或许开出一簇花来，我当然高兴了。我有花可赏，且每日剪下三两枝作清供。它若肯结出果实来，那我就更高兴了，我会把它当作天赐的礼物，邀请他人一起品尝。

　　我抱着这样的心态，喜欢着我的喜欢，一路走到现在，走得快快乐乐的。

有人看见了，也有人没看见，对我来说，几无影响。看见了固然好，看不见也没关系，我不是因为得到谁的关注才走下来的。

你或许会说，呀，我好羡慕你，你现在多有成就，我要是能成为你这样的就好了。

我笑。我看一眼我的窗外，今天的天真是蓝得很，上面堆积着一堆的白云朵，像是谁做出的一堆冰淇淋。我想，天空不是因为有人欣赏，才变得这么美的吧？它只是因为喜欢。

因为喜欢，所以坚持。坚持着坚持着，或许就有了自己灿烂的样子。

亲爱的，属于你的人生路，只能一个人走。倘若你真心喜欢文学，那就走下去吧。在这条路上，绝大多数时候是孤独的、寂寞的、无人喝彩的。你耐住了这样的孤独和寂寞，你也就能走到那光亮之中去，成就你自己。

当然，坚持的本身，就是一种结果，一种进步，一种辉煌。

梅子老师

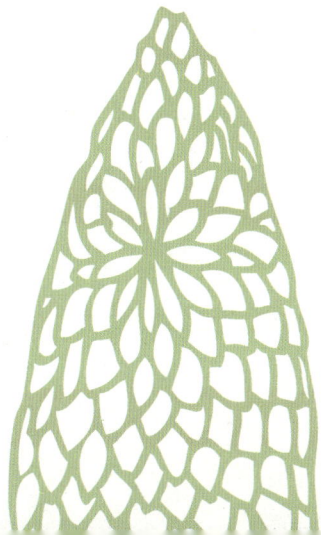

每一天，都是新的

梅子老师：

　　你好！

　　我每天坚持写日记，不知道写什么内容，是写全天呢，还是只写一件事？我觉得没什么素材可写。

　　我也写。我妈说我写的全是流水账，没什么用处。

　　有时我真苦恼啊，生活里哪有那么多的事好写啊。可是，又不得不写。

　　梅子老师，你能帮帮我吗？

小读者

　　宝贝你好，瞧你这么认真寻问的语气，你一定是把写日记当成作业来完成了，——如果真是这样，那就一点儿也不好玩了。

　　写日记本是件好玩的事情呢，轻松，自在，愉快，是随便乱丢字。对，就是随便乱丢字。就像小孩子站在河边扔石子儿玩，他能兴趣盎然地玩上大半天。为什么呢？就是因为他高兴啊。

写日记也是如此，你手里的文字就如同小石子儿，可以任由你扔着玩。你不用考虑结构布局，不用考虑如何升华，也不用考虑走不走题，你只管跟着你的心情走，用你自己的语言，写出你最真实的想法（说不定写着写着，你就有了自己的文字风格了呢），它可以是快乐的，也可以是不快乐的。总之，它是属于你的，是你和你的灵魂在对话。

一天里，你总要有些遇见的吧。吃了一顿美味的饭菜，值得记录一下；看到一朵好玩的云，值得记录一下；遇见一只可爱的小鸟，值得记录一下；撞到一只调皮的小猫，值得记录一下。看到绚烂的花开了，值得记录一下；看到红红的叶子，值得记录一下；听到好听的歌了，值得记录一下；看到月亮升起来了，值得记录一下；与好朋友一起去看电影了，值得记录一下……

每一天，都是新的。每一天，都有新的期待新的遇见。你若能把这些如实地记录下来，那么，你在人世间的每一步行走，都已深深烙上你的印迹。待多少年后，你在夕阳下回顾往事，多少的人和事，都已成云烟飘散，再难追寻，然等你打开你的日记本，你所有曾经经历的一切的一切，都在你的文字里鲜艳地存活着，无一遗漏。你整个的人生，因此而格外有了意义，这是多么值得感恩的事！

宝贝，我希望写日记能成为你的小日常，就像渴了就要喝水，饿了就要吃饭那样自然而然。天长日久地坚持下来，你不单能提高你的书面表达能力，还能从中汲取到营养，享受到无穷的乐趣。

梅子老师

在细水长流中，细数流光

丁阿姨：

您好！

我已经学习写作两年了，但是至今没有写出自己满意的，我都想放弃了，可是我很喜欢写作，我是否应该坚持下去呢？我应该怎么努力，往哪个方向努力，怎么学习，以什么方式学习呢？我很迷茫，希望得到回复，谢谢。

东东

东东，你好。

我想问你一个问题：你为什么要学习写作？

你肯定会回答我，因为喜欢。

倘若你是真心喜欢，又何来的失望和迷茫？你只管喜欢下去就是，不管它是长成小草的样子，还是开出花朵的样子，你都会喜欢。因为，自己真心喜欢的事情，只与自己有关，它无关乎名利得失。

但很明显的，你并不是真心喜欢写作。你说你至今没有写出自己满意的。我很想知道，让你"满意"的标准是什么？是发表了？是出书了？还是通过它成名成家了？

如果你以这样的标准来衡量写作，那我劝你最好还是放弃吧。因为写作一旦功利性太强，就难免要去迎合和讨好，要去干些讨巧的走捷径的事，这对于写作来说是伤害，会让你离真情真意远了，会让你渐渐地看不清自己的初心。

我不知道你是如何理解写作的，在我，它是灵魂发出的声音，或欢乐，或忧伤，或明媚，或缤纷，它洁净、纯粹、婉转，能抚慰我的五脏六腑，让我在精神的王国里，成为自由自在的王。

东东，写作是个长期的过程，是在细水长流中，细数流光。它必须耐得住寂寞，守得住清贫。你不必刻意去经营，你只要忠实于你内心的热情，让笔下的每一个文字，都能带着你应有的温度，就这么写下去、写下去。也许某天，你与它劈面相逢，你会惊讶地发现，它早已在不知不觉中，长成一棵参天大树了。

梅子老师

读书，是一场修为

梅子老师：

　　您好！

　　我们经常在语文试卷上遇到您，真的很喜欢很喜欢您啊。只是每次做您文章的阅读题，我都要被扣分啦。

　　今天我想问您一个问题：读书，除了为了应付考试，还有什么用呢？

您的读者：紫藤花开在心苑里

　　宝贝，我叫你心苑，可好？

　　你的昵称可真长啊，紫藤花开在心苑里。你很喜欢紫藤花吧？我也喜欢。四月紫藤花开，校园的长廊上，伏着那么一丛丛，垂下深紫的花帘，好似有仙人住在里面。我总忍不住跑去那里，走来走去，能走上一下午。心苑，你是否也做过这样的傻事情？可以想象，你是个心思细腻敏感柔软的孩子。人有柔软，多好。

　　你只问了我一个问题，读书，除了为了应付考试，还有什么用呢？我似乎看到你正蹙紧双眉，面对摊开的教科书，一百个不情愿。

　　你的苦恼，我理解。学习是件苦差事，天下的孩子都一样。要是没有外力压迫，谁愿意埋首在教科书里呢！但我们成长的起步，是要从这里开始的。我们要通过这些教科书，去打开一扇又一扇认知世界的窗。

　　然而，心苑，读书不等于读教科书，也不仅仅是为了考试。书的海洋，浩瀚无际。单单文学书籍，就叫人眼花缭乱得很，中外的，古今的，诗词歌赋，传记传说，小说散文，无所不有，一浪逐着一浪。你深入其中，或许一时半会儿，还体会不到它的好处来。你且读上一个月再看。读上一年再看。读上两年再看。读上三年呢？四年五年呢？你会发现，你的内心，早已丰富起来，胸中有丘壑，腹中有锦绣。你的眼界，也早已宽广起来，古今多少事，都付笑谈中。读书，能使你到达你去不了的地方，使你阅尽你本不能知晓的世事人情，使你学会爱、珍惜和感恩。读书，是一场修为。

　　写到这里，我想起一个叫允的孩子来。年前，他从苏州回，陪在老家的爷爷奶奶过年。他说读了我不少书，要约见我。

　　我们约在小城的咖啡馆见。他提前到了，叫好咖啡等我。我去时，他正低头在翻一本书，那安静读书的姿势，着实叫人感动。说不出的感动。好比你正走着一段极寻常的路，路边风景天天看都看乏了，却意外遇见了一棵开花的树。

　　那天，我推掉另外的事，和他聊了好久。他是个长相一般的男孩子，瘦瘦的，个子不高，但一笑起来，就有了不一样的光芒，又知性又阳光。我由衷夸他，我说你真是个好孩子。他却笑着看定我，认真地说，不，老师，我曾经不是，我曾经是个问题少年。

从小跟着爷爷奶奶过，做着留守儿童。老人也不知怎么教育他，只管他吃饱了穿暖了就万事大吉了。他像匹野马驹，养成了一身的野性子。调皮闯祸，那是家常便饭，三天两头有人上门告状，说他打破这个的头，揭开那家房上的瓦了。他在外打工的父母，最后不得不把他送进一家私立学校去，那所学校采取封闭式教学，管理严格。一匹野马，被关进了笼子里。他终于安静下来。

在私立学校，日子漫长，他无聊极了，不得不用读书来打发时光。渐渐地，他竟迷上读书。虽因学习底子差，成绩并无起色，但他却读了不少好书，像《古文观止》《红楼梦》，他都读了下来。

17岁，他初中毕业，去了苏州打工。他在饭店做过小服务员。在广告公司发过传单。如今，他23岁了，已进了一家比较大的汽车修配厂工作，月工资达到一万以上。不管到哪里，他的身边，一定都带着书。做小服务员那会儿，他晚上回宿舍再晚，也要看上两行书，心里才会踏实。别人笑他，你一个小服务员，还看啥子书嘛，看了有啥用！他笑笑，不争辩。因为读书，苦日子也不觉得苦了，待人接物，都能宽容了。他说是读书改变了他，弥补了他的很多不足。现在，在公司里，他还兼做着文案策划，公司的人都很信服他。也是读书让他明白了许多做人的道理，从前很对不起爷爷奶奶，没少让他们操心，却从不知回报。现在，他只要一有假期，就跑回老家来陪两个老人，烧饭做菜，他样样精通。

　　他说，读书使人变得有温度。心苑，我想把这句话送给你。愿你也能像他一样，热爱读书，成为一个有温度的人。

梅子老师

读书会重塑我们的灵魂

梅子老师：

是我，我是R。我又来了。这一次来，我还是想问问你，人为什么要读书呢？

我实在不喜欢读书，却一再被老师、父母强迫着去读。这令我十分烦恼。

人到底为什么要读书呢？

你不要告诉我，读书才能让人变得有出息哦。这话我妈天天在我耳边叨叨。可现实不是这样啊，我身边那些搞房地产的、开大公司的、做大老板的，有几个是读了很多书的？他们举止粗俗，不晓得四大名著，不懂诗词歌赋，说不清朝代更替，不是照样赚得盆满钵满的，动不动就资产过亿。

再说我表哥吧，上海复旦大学的毕业生，够牛吧？他入职的公司里的老板，却只有张小学文凭。

梅子老师你说，为什么要强迫每个人都读书呢？我想早早接触社会，我想早早去学做生意不好吗？我真是搞不懂。

R

R，你又跑来问我，人为什么要读书？让我不得不正式思考一回，是啊，我们为什么要读书呢？

现成的答案一抓一大把：读书会使我们变得有气质；读书是最好的化妆品；读书会让我们遇见更好的自己；读书改变我们的命运；读书会让我们站得更高看得更远；读书会使我们的人生变得有厚度；书籍是人类进步的阶梯……

然你并不满意这些"标准答案"，你羡慕身边搞房地产的、开大公司的、做大老板的，他们没读过多少书，却拥有过亿资产。

R，你看到的，只是个例而已。放眼世界，有多少成功人士不是学富五车、知识渊博的？你又哪来的底气，现在就要去社会上打拼？还是问问你自己吧，你到底有多大的能耐。身处在这个信息高速发展的时代，一天不学习，你就可能跟不上别人的脚步。要想在这个世上立足，你必须拥有真才实学。而真才实学从哪里来？最佳的途径，就是读书。

古人云："玉不琢，不成器。人不学，不知义。"北宋文学家、书法家黄庭坚亦说过这样的话，人不读书，则尘俗生其间，照镜则面目可憎，对人则语言无味。R，读书使我们知廉耻、懂仁义、守道义，我们的面目会因读书而焕发出光彩，我们的语言会因读书而吐露芬芳，我们的行为会因读书变得磊落，我们的心胸会因读书变得开阔。

　　我还漫想到一些别的。远古时期，尚没有文字，那时的人们是靠结绳记事的。这有点类似于我们小时走亲戚，路远，怕记不住归程，就在途经的一些树上，或是房屋的墙上，做上记号。用刀刻下痕迹，或用茅草在其上挽个结，或在树枝上绑上一朵野花。归时，循着这些记号，便能一路顺利到家了。

　　然后有了岩画。然后有了甲骨文。甲骨文是在龟壳或兽骨上刻字，每完成一笔一画，都极费时费力。"写"完一整个龟壳或兽骨，算得上一项很大的工程了。然先民们还是乐此不疲地"写"着，是因为，需要。他们需要用它记载王室占卜之事，需要用它表情达意。

　　我猜想，文字最初的诞生，怕是哪个多情人，为了表达心中如浪花一般的情感，而随手刻下的印迹。他坐在草地上，或一块石头上，捡着一块兽骨了，一笔一画，刻下他心里的欢喜。他要送给那一个，这是示爱的，是最早的情书。他知道，说得再动听的话，也终如一阵风吹过，很快就会没了影了。然刻下来的"字"，却永远风化不掉，什么时候抚上去，都自有它的温度。

　　R，我们为什么要读书？是为了更好地表情达意啊，更好地与这个世界沟通。

　　千百年来，多少繁华追逐终如梦去，唯文字屹立不倒。"彼采艾兮，一日不见，如三岁兮"，这田间地头的歌谣，被记录下来，打动了多少人的心啊。当我们看到桂花开了，很容易就会念起"一枝淡贮书窗下，人与花心各自香"。当我们看到梅花开了，又会想到"疏影横斜水清浅，暗香浮动月黄昏"，或

"寻常一样窗前月，才有梅花便不同"，我们沉浸在那种意境里，玲珑剔透，精神愉悦。

R，我们为什么要读书？是为了使我们精神愉悦啊。精神的愉悦，远超过别的。

六月，我去了新疆一趟，在夏特古道，住在上了年纪的木房子里。那里远离喧闹，人烟稀少，我踩着泥泞，一步一步，往雪山走去，想着那远古僧人的脚步，是怎样一步一步丈量过去。又马蹄声声，花开过一夏又一夏，雪落过一季又一季。伸手之处，似乎都能触摸到远古气息，一颗心，早就被感动得不知要往哪儿搁了。我身边几个人只走了一点点路，已抱怨不已，说，这地方有什么看头？路难走死了，还冷，就开了几朵破花。他们跟导游吵嚷着，要住到城里面去。我当时真替他们难为情了，他们看似活得很体面，珠光宝气，脑子却空空如野。心必也是空空如野的吧，仅剩一副空皮囊而已。

R，我们为什么要读书？是为了懂欣赏，懂敬重。是为了使自己心灵丰盈。是为了能在那些细草和小花之中，发现生命存在和延续之美。

很喜欢陶渊明笔下那个爱读书爱喝酒的高人五柳先生，"闲静少言，不慕荣利。好读书，不求甚解；每有会意，便欣然忘食"。他飘逸高贵的形象，穿越千年，依然熠熠生辉。

R，我们为什么要读书？是为了做一个精神高贵的人啊。读书会重塑我们的灵魂，使我们活得更加纯粹和明澈。

梅子老师

坐看云起时

丁作家：

　　您好！

　　接到这封信，您定会感到奇怪，因为我对您来说，是陌生的。但是，对我而言，您却是我再"熟悉"不过的作家。

　　而写这封信给丁作家您，我的心情是复杂而无形的，因此根本不知从何说起，也不知哪轻哪重，只能说些憋在我心里许久的困惑，如若有不到之语，还万请见谅。另外，内容也许长些，但不求您一次看完，我有的是时间，等您的回音，哪怕仅有只言片语。

　　…………

　　我生在苏北农村，家里很穷，但打小学三年级起，心中便渐渐喜欢上了文学，以至于多年后开始萌发想写小说特别是长篇小说的念头，而且随着时间的流逝，欲念变得越发强烈。

　　…………

　　说个更让您惊异的情况，我是男人，一个已步入"奔五"行列的男人，是一头笨极了的猪。但就这头老猪，心却不死，还念念不忘成就人生风景，在一分一秒的写作欲念中痛不欲生、垂死挣扎，其实对我自己细思起来，觉得这话一点都不为过。我的这种景况，直接造成我做什么都显得"不在状态"，给家人、领导、同事、朋友几乎所有人的感觉，就是不理解、我离他们很远、像有仇而不给人靠近，实际都是我的心理状态惹的祸，我从没对任何人诉说过，自然他人也就无从晓，仍然保持着相互间的若即若离的状态。说起来，这要算我的最大的悲哀，因为思念写作、又不能写作，却完全丢掉了生活和交流，丢掉了活生生的日子。最可怕的，现在连自己都觉得变成麻木的人了，思而痛，痛而思，身不由己，话不投机，吃饭饭不香，睡觉觉不实，有种情结，大概是要了结了才行，否则真不知要如何面对以后的岁月。

…………

我想请教您的是：如何进行写作？

我的思想的低下、情感的稚拙、文性的劣质，这所有看来，都不适合在文行立脚。现实情况惨痛又残忍的是，我却死死抱住这样的理想之树不放，永远不能也不愿释怀。也许，处于这个年龄段，已经不能叫理想了，而应叫作愿望，这一辈子，这种愿望要是不能实现，到死时恐怕都不会闭眼了的。

…………

我特别想了解一件事情，也是我思考了许多年、特别想知道的一个情景，就是作为作家、诗人这些人，他们每天的内心状态到底是什么样的？他们的思想和感情真的每时每刻都与众不同吗？举个极端的例子，比如海子会选择死，那么他的内心是怎样的？是什么想法让他变得如此激烈而走极端？他的思想感情真的就那样激烈吗？我觉得就我这样的人，都一直觉得生命很宝贵，而不会轻易抛弃活生生的身体，让灵魂游离躯体。可他，却愿放弃活着，这到底怎么回事呢？

我的座右铭是：山阻石拦，大江毕竟东流去；雪压霜欺，梅花终究向阳开。可是我很矛盾，虽有自信，却也游移不定，实在开释不了我的生命之意。

谢谢您的阅读，原谅我的不知所言。

你忠实的读者

老乡你好。

我也是苏北人，至今还生活在苏北这片土地上。我们在地域上，应该相距不远。所以，我称你老乡，自觉挺合适的。你不介意吧？

老乡，你的信是我迄今为止，收到的最长的一封读者来信了，五千多字啊，是一篇大散文了。我读得很慢，读完，又回过头再读。我不敢疏忽了它的每一个字，那些带着体温带着重量带着真情的字。感谢你老乡，感谢你写出这么一封长信给我，感谢你信任我！我把它进行了删减，刊登出来，这个还请你原谅。你的信，虽是个例，但，代表了很大一部分怀揣着文学梦的人。我的回信，是给你的，也是给他们的。我替他们谢谢你！

你从小就怀了文学梦，且守着这颗初心，几十年未改初衷。这让我敬佩，也让我感动，这世上，能守着一颗初心前行的人，真的不多见了。单单冲着这点，你就是个很了不起的人。

说了你也许不信，我小时，是没有做过文学梦的。虽也酷爱读书，也只是酷爱着。和你一样，我家里也很贫穷，自己买书读是不可能的，基本上都是靠借。村子里谁家有书，我都清楚着。借的书读着很不过瘾，我就整部整部抄下它。那时，我的梦想，是做个裁缝。村子里有个刘裁缝，人整日待在屋子里，不要晒太阳，不要干农活，面皮儿捂得白白的，令我羡慕。我还羡慕她的是，能赚到钱。我怕干农活，我受不了那种苦。我想我若做了裁缝，就可以名正言顺地待在屋子里。赚到钱后，我可以买我喜欢看的书。

再大一些，我的梦想变成了摆书摊的。老街上有摆书摊的男人，他拥有几百本的小人书。在那时我的眼里，那个男人就是世界上最富有的人。我要做那样的人，想看哪本小人书，就看哪本。想看多久，就看多久。

我最后没有做成裁缝，也没有去摆书摊，而是走上了写作的路。这多少有些出乎意料，因为，我从未奢求过，只是因为喜欢着，就写上了。至于能写得怎样，能写出什么名堂来，我也未曾考虑过，也不去想那样的事。只是顺着自己的心意走着，一切顺其自然。

也许在你的眼里，我现在是个颇有"成就"的人。你所说的"成就"，就是指出版了一些书，发表了一些文章，有一些读者追随着。然我真的并不在意这一些，有，我自然欢喜。没有，我也不难过，也不觉得缺失了什么。

我享受的，只是文字轻轻落在纸上的那个过程。当它落纸成字了，它的使命，也就完成了。我爱文学，但它绝不是我生活的全部，更不可能成为我的生命。

老乡，你对文学的执念，对文学的痴迷，令我感佩。然，我不敢苟同。我们热爱一桩事，本应是欢愉的，是使自己的精神世界变得更为欢实丰满，而不是让它成为负担成为枷锁。你看看，你已成什么样子了，它已令你"痛不欲生""垂死挣扎"，让你做什么都显得"不在状态"。你这哪里是喜欢它？你这分明是走火入魔了。它已让你偏离了正常的生活轨道，你若再不及时警醒和刹车，后果真的很令人担忧。

老乡，你现在执着的是，你为什么不能写出理想中的作品。所谓理想中的作品，在你的定义里，那是要能出版的，要能发表的，要能得到众多读者首肯的。你说，"这一辈子，这种愿望要是不能实现，到死时恐怕都不会闭眼了的。"——亲爱的老乡，你这么定义文学，真是极其狭隘的。文学难道不能完全成为一种个人行为吗？为什么非得出版了发表了才算数？就像你的这一封长信，我就以为它很文学，它把一个人的心路过程，表露得明明白白。如果热爱文学，就非得整出个千古传诵万古不朽的作品不可，那这个世上，根本没几个人配得起文学。

亲爱的老乡，我很害怕我的话，会伤到你。但我又不得不说，怀抱理想是一回事，实现它，又是另一回事。并非所有的理想，都能落地生根的。有时候，我们光有一腔热血是不够的，也要有一定的天赋在里头。当明知道不可行，却还执念着走下去，那不是坚韧，那是偏执。当它已严重干扰了你的正常生活，你说这样的执念，还有意义吗？

　　你请教我，如何进行写作。我认真思考了这个问题，还真没办法给出一个答案来。我的写，真的从没想过什么写作技巧写作方法，我只是顺着自己的心写，一切皆出于自然。有时，没有什么高的目标，随性随心，反而会有意外收获。这一点，我希望你能学习我，热爱它，但不要过于执念，有了感觉时就写两行。没有感觉时，就不要写。读读别人写的，这不也挺好么？

　　你在信里提到海子。你把一个个例，当作普遍现象了。你以为作家、诗人这些人，都不同于常人，他们的思想和感情，都有些奇葩。其实，哪里是。普通人因情感脆弱，走上绝路的，不在少数。海子也好，顾城也罢，他们只是这些普通人中的一个。只是因他们顶着著名诗人的头衔，引起些轰动，让人产生无穷的想象罢了。

　　比方我，也是寻常到不能再寻常的。洗衣做饭扫地抹桌子，我做着一个家庭主妇做的一切。也时常穿梭于市井之中，做那热闹中的一个。我用我全部的热情，爱着我眼下的生活，爱着这个尘世。

　　亲爱的老乡，人活着，千万不要太过用力，整天一副誓要与生活抗战到底的架势，那会很累的。你且放松下来，还自己自由，行到水穷处，坐看云起时。

梅子老师